心おどる昂揚

輝くアイルランド

アリス・テイラー
高橋歩訳

未知谷
Publisher Michitani

はじめに　素晴らしい瞬間

　私たちひとりひとりの心の奥には、犯すべからざる静けさを保っている水脈があり、そこに意識の種がいくつも埋まっています。特別な機会が訪れると、まばゆい光線がまっすぐそこに差し込み、種に当たります。すると種が芽を出し、それまで眠っていた、魂を織りなす糸が輝き出すのです。心が明るく輝き、周りのあらゆるものと調子を合わせて踊り出します。生きていることの素晴らしさに、喜びがこみあげてきます。人生という森に、世にも珍しい蘭の花が咲き乱れる、とても幸せな瞬間です。

　私たちが山の頂きへ登りつめたり、力の限界に挑んだり、自然に抗がったり、困難に立ち向かったり、普段なら達成できないことをするのは、ほんの少しのあいだ、この素晴らしい気分を味わいたいからなのです。そんな瞬間の私たちは、自分自身にも自分の人生にも満足した状態です。

　その瞬間が過ぎ去っても余韻に浸ることができます。内側から密かにこみあげてくる喜びのおかげで、豊かな気持ちで人生を歩み続けることができるのです。なにしろ、平凡な状態から飛び出して高みへと上りつめたのですから。生きる喜びを感じたのです。身も心もリフレッシュした状態です。

自然が、息をのむほど美しい景観という形で、素晴らしい瞬間を私たちに見せてくれることがあります。そんな機会は、思いがけないときに突然やって来ます。その一瞬で、私たちの世界は完全に変わってしまいます。例えば、山奥の道を慎重に運転していて急カーブを曲がったとたん、なんとそこには、信じられないほど美しい谷間が隠れているではありませんか。自然は、私たちが驚きの世界に向かって心を開くための鍵を握っているのです。夢のような瞬間は、自分と同じ人間がもたらしてくれることもあります。天才的な才能に触れるときがそうです。この上なく美しい音楽を聞いている、その魔法の瞬間、私たちは演奏者と一緒に踊っています。優雅なバレエを鑑賞していて、バレリーナが鳥のように舞うのを見るのも夢の瞬間です。魂が揺さぶられる詩を読むときも、そうです。詩人が考え抜いた言葉に触れると、その人の目を通して世界を見ることになります。見事な絵画を鑑賞しているときも同じです。キャンバスに描かれたものを見ることで、私たちは画家とひとつになっています。その瞬間、長い年月をへだてて過去と現在がつながります。表現した者は、数世紀も前に亡くなっているかもしれません。でも、創造力が目に見えない橋となって、私たちを結びつけているのです。

めったにないような心躍る経験をすると、私たちは明るい輝きに包まれます。輝きに抱かれて高みへと持ち上げられ、しばしの間いつもの生活から抜け出して、嬉しい気持ちでいっぱいになり、人間の偉大さをしみじみと感じるのです。ああ、この瞬間がずっと続いてくれたら、そう願います。願いは叶わないけれど、その瞬間が訪れたとき意識的に取り込もうと心がければ、心の奥にとっておくことができます。そして、心躍る瞬間は魂を織りなす糸の一部となり、前途に待ち受ける苦難を乗り越える気力となるのです。

私には、馬の調教をしている友人がいます。調教師として長年仕事をするあいだには、レースでの成績が良いときも悪いときもあったといいます。自分が調教した馬がレースで優勝したときのことをこう言っていました。「その晩は、とても眠ってなんかいられない」。ゆっくりと時間をかけて喜びをかみしめ、魔法の瞬間をしっかりと心の中に刻みたいと思うのです。そうすることで、たとえ将来大きな失敗をしたとしても、乗り越えることができるというのでした。

優勝馬と一緒に表彰所を歩いたり、偉業を達成して表彰台に上がったり、優勝カップを手にしたりすることは、誰もができるわけではありません。それでも、私たちはみな、美しい瞬間を経験することはできます。その瞬間、魂が燃え立つように輝いて、身近なものの素晴らしさに気づきます。そんな瞬間に遭遇したら、そこから気をそらしてはいけません。人生を豊かにしてくれる瞬間ですが、他のことに心が捕らわれていると、あっという間に逃して

しまうからです。気づくことも、味わう間もなく、通り過ぎてしまうのです。跡形もなく消えてしまいます。だから、魔法の瞬間を堪能するために、意識して気を配り、物事をよく見ていなくてはなりません。機会が巡ってきたら、そのときを十分に楽しんで、魂の中にしっかりと取り込むようにしたいものです。

心おどる昂揚　目次

心おどる昂揚

輝くアイルランド

Original Title: AND LIFE LIGHTS UP:MOMENTS THAT MATTER
First published by The O'Brien Press Ltd., Dublin, Ireland, 2018
Published in agreement with The O'Brien Press Ltd.
through Tuttle-Mori Agency, Inc., Tokyo

第一部　気づき

今という瞬間を大切にしなくては。同じことはもう二度とできないかもしれないのだから。

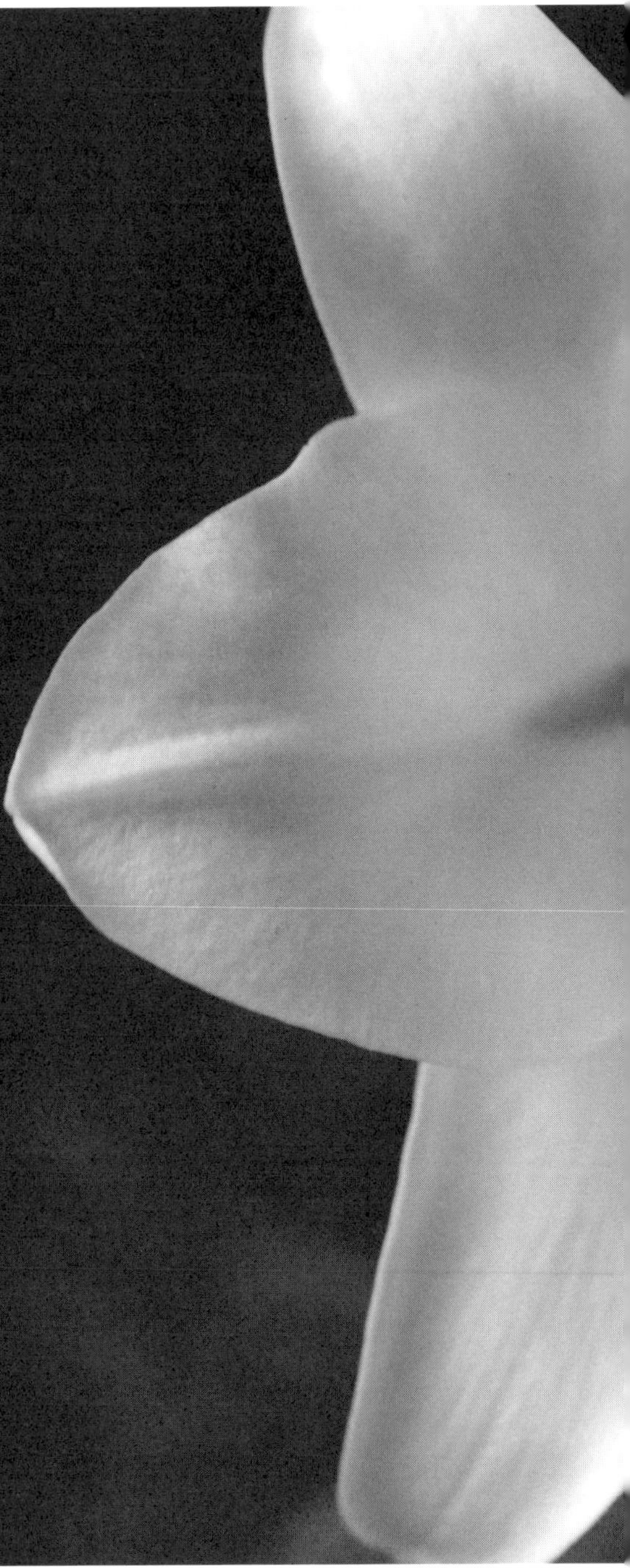

Awareness
ANTHONY
de MELLO

心乱れて

あなたは追い出されてしまいました。外から来たものに、頭の中を乗っ取られてしまったのです。頭の中に、軍隊が情け容赦なくずかずかと入り込み、あなたの居場所を占領しています。仕方なく少し離れた場所に逃れ、そこで過ごさなくてはなりません。でもなんとかして、もとの場所に戻りたいと思っています。いつもの状態に戻りたいのです。自分を取り戻して、心静かに落ち着きたいのです。けれども心の中は占領されています。騒々しいものが居坐っているのです。どうしてこんなことに？　いつのまに、こんな風になってしまったの？　あなたには、原因がわかりません。きっと、せわしなく何かをして気を取られている間に、そうなってしまったのです。

こんなことは、誰にでも起こります。よくあることです。じゃあ、侵入してきた軍隊をどうやったら追い出せるでしょうか？　何から始めたらいいのでしょう？　頭の中の軍隊は、そう簡単には降参しないでしょう。秩序なく乱れ、騒ぎ立てる占領軍は、ずうずうしく居坐って出ていこうとしません。そこが自分たちの陣地と決めつけています。追い出すことはできません。こうなると、私たちはどうしていいのかわからなくなります。

それでも、なんとかしなくてはなりません。まず正面から向かっていきます。心の中のノイズを黙らせるため、大声をあげてみるのです。なんだかんだといろいろ言ってみます。けれどもうまくいきません。ノイズで対抗すれば衝突が大きくなるだけで、ますますひどい状態になります。正面から対抗しても解決にはならないのです。それじゃあどうしたらいいのでしょう？　何か良い方法があるはずです。

静かにしている、というのはどうでしょう？　じっと黙っていれば、解決するでしょうか？　騒ぎ立てる軍隊を、静けさが追い出してくれるでしょうか？　なんだか簡単すぎるようにも思えますね。そんなことで心の中のノイズがおさまり、平静を取り戻すことができるでしょうか？　やってみる価値はあります。心の扉がそっと開き平静が訪れるまでには、少し時間がかかるかもしれません。それでも、今やっていることをいったんやめて、静けさが訪れるのを待ってみましょうよ。ペースを落とすことはできますか？　していることをやめられますか？

私たちの体の中のエンジンは、ハイスピードの生活に慣れてしまっています。しなくてはならないことが多すぎるのです。だから次々にこなそうとして、へとへとになってしまいます。スピードダウンできるでしょうか？　ええ、しなくてはなりません。

そんなとき私は、静かな場所でじっと坐っています。簡単なように聞こえるでしょう。だけど、たやすいように思えても、実はそうではないのです。かまって欲しい、心がそうせがむからです。心の中には一本の木があり、そこにキーキー騒ぐ猿がたくさん群がっている、仏教にそういう話があります。猿たちを黙らせようと、大声を上げて対抗しても無駄だとわかっています。もっと騒げと刺激しているようなものです。体を動かさずにじっとしていれば猿たちを黙らせることができるのか、確かめなくてはなりません。動くのをやめれば、心の中も静かになるでしょうか？　じっと静かにしていれば、騒々しいノイズを止められるでしょうか？　落ち着いた穏やかな静けさが訪れて、心の中の騒々しさはなくなるでしょうか？

腰掛けたまま気を静め、辛抱強く待ち続けます。猿たちはありとあらゆる方法で、なんとかして騒ぎ立てようとします。ところがそのうちに、少しずつ静まってくるのです。頭の中の騒々しい軍隊は落ち着いてきて、大変ゆっくりとではありますが、騒ぐことをあきらめて、仕方なく撤退し始めます。反撃する者がいないので、衝突もなくなるからです。心の乱れがしだいに収まってきて、少しだけ落ち着いてきます。心の中には、少しずつ平和が訪れます。気持ちは穏やかになり、騒々しい世界がゆっくりと遠のいていきます。すると心の中に静かな空白ができます。私は、ゆっくりと元の自分に戻っていきます。いつもの状態に戻るのです。そしてとうとう、戻ることができました。心は穏やかです。自分を取り戻したのです。

でもどうやったら、この状態を保つことができるでしょうか？　それが問題です。どんなに努力しても、騒がしい雑音は心の中に侵入してきます。人生とは、そういうものです。では、大騒ぎする猿たちから身を守るには、どうしたらいいでしょうか？

　何年も前のことですが、頭の中に猿がわんさと入り込んできて大騒ぎしはじめたとき、友人に一冊の本を渡されました。アントニー・デ・メロ*の『幸せの条件――アントニー・デ・メロ師の黙想書』です。本の中でデ・メロは、鳴き騒ぐ猿たちについて説明していました。でも本を読んでも、私には理解できませんでした。もう一度読んでみましたが、それでもまだわかりません。すると友人が、デ・メロの講話を録音したテープを譲ってくれました。私は、そのテープを何度も繰り返して聞きました。そして、ついにわかったのです。心の中にいる猿の存在が理解できたのでした。

　アントニー・デ・メロはインド出身のイエズス会の修道士です。ヨーロッパにやって来るとすぐさま、人々がむちゃくちゃな生活を送っていると断じたのでした。私たち全員が、気づくべきことに気づかないまま、毎日を夢遊病患者のように暮らしていると話しました。いくらなんでも言い過ぎのような感じがしますね。人々は、彼こそいかれていると思いました。なんとかして私たちに気づいてもらおうとして、デ・メロは欧米に瞑想を紹介しました。一般の人々に瞑想を広めたのです。肉屋やパン屋やろうそく職人に、です。瞑想とは僧侶や修道士だけのものではなく、普通の人々でも瞑想をすれば、目が覚めて、今このときを生きていると十分に堪能することができるというのでした。それでデ・メロは、瞑想を浸透させることができたでしょうか。そう簡単にはいきませんでした。彼は若くして亡くなりました。それでも、デ・メロがまいた種が、今も世界のあちこちで芽吹いています。

私に必要なもの

空間をください
閉じた心を広げたいから
折り込まれた隅々を
開きたいから
忘れてしまったことが
そこに隠れているから。

時間をください
静かな場所で
歩きたいから
私の心の

いちばん外側を歩いて
ばらばらになった断片を
拾いたいから
そしてつなぎ合わせて
もとの自分に戻りたいから。

＊　一九三一～八七年。インド出身のイエズス会の神父、心理療法士。精神性についての本を執筆し、世界各地で講演を行い、修養会を開催した。邦訳書『幸せの条件――アントニー・デ・メロ師の黙想書』は一九九四年にエンデルレ書店から出版された（斎田 靖子訳）。

朝を迎える

突然、あなたは目覚まし時計の耳障りなアラームに叩き起こされます。ベッドから床へ足を下ろすより早く、アラーム時計のラジオがしゃべり出し、世界中のあらゆる問題をあなたの頭に次々と押し込もうとします。新しい一日をこんな風に迎えるなんて最悪です。これでは、心の平静が完全にそこなわれてしまいます。

私も、そんな耳障りなアラーム時計を使う人間のひとりだった頃は、朝早くから靴下を探しまわったり、子どもたちのお弁当を準備したりと大忙しでした。毎朝そんな風にバタバタと動き回って、新たな一日に放り込まれていたのです。そして、後は一日中てんてこ舞いの忙しさが続いたのでした。ときどき、ふと心に浮かぶことがありました。他に何かいい方法はないのかしら？　つまり、一日がすっかり別のものになるように、何か他のやり方で朝を迎えることはできないものか、と考えていたのです。あるとき、あらゆるものがまだ眠っている早朝に、ベッドからごそごそ起き出して階下へ下りていきました。それから、庭へ出て

みたのです。すると、ちょうど小鳥たちの夜明けのコーラスが始まろうとしていました。

私たちは、早朝の小鳥の大合唱について、何も知りません。つまり、目覚めたばかりの小鳥たちは、すぐに大合唱を始めるわけではないのです。最初の一羽が小さな優しい鳴き声でチッチとさえずると、すぐさまもう一羽が続きます。そしてもう一羽がさえずり始め、ささやかな目覚めの歌声がこちらの木からあちらの木へと広がっていきます。新しい一日を迎える優しいさえずりを聞いて、他の小鳥たちも朝が来たことを知り、かすかな声で繊細な調べを奏ではじめます。それがだんだんと大きな声になっていき、とうとう大合唱になり、みんなでその日を歓迎するのです。けたたましく耳障りな音とは程遠い、聖歌隊の歌声のような見事なハーモニーが奏でられます。指揮棒を振る指揮者など、どこにもいないというのに。

うちの庭にある小道はすべて、古いりんごの木の下のベンチに続いています。私はそこに腰掛け、安らいだ雰囲気が心と体にしみこんでいくままにしていました。静けさのうねりが私を洗い流していき、私の中に安らぎの池が湧き、広がっていきました。

池の中には、過ぎし日の夜明けを迎えた記憶が宿っていました。八歳で、生まれて初めて夜明けを体験し、その素晴らしさに感激した、忘れられない思い出です。あれは、豚の赤ちゃんが生まれ、寝ずの番をした後のことでした。農場の暮らしでは、家畜の赤ん坊の世話をするのは当たり前のことです。幼い私は、この勤めをやってみたくてたまらなかったのです。家族が眠っている夜のあいだ世界がどんな風になっているのか、見たかったからでした。

そこで、姉のひとりと一緒に、ひと晩じゅう豚の赤ちゃんの世話をさせて欲しいと、母にせがんでようやく許してもらったのです。とはいえ本当は、子豚が快適に過ごせるように世話をするなど、私にはたいして重要ではありませんでした。それよりも、夜の世界がどんな様子なのか、興味津々だったのです。

はじめに気づいた違いは、あたり一面がひっそりと静まり返っていることでした。まるでわが家も農場も、毛布ですっぽり覆われてしまったように休んでいたのです。大人の声がしないばかりか、いつも聞こえる農場の騒がしい音もまったくしません。豚小屋からキーキーという鳴き声もしなければ、子牛の小屋からうるさく鳴きたてる声もせず、アヒルがクワックワッと鳴く声も聞こえません。みんな静まり返っているのでした。静けさを破って聞こえてくるのは、台所の掛け時計の規則的な音だけです。真鍮の振り子が、貴重な夜の時間をゆっくりと心地よく刻んでいました。

台所の窓から外を眺めると、溝の上に低木のしげみがこんもりと覆いかぶさっているのが見えます。遠くには巨大なケリーの山々が幾重にも連なってたたずんでおり、まるで地平線に黒い大きなラクダが何頭もいるようです。昼間の見慣れた景色は消えてしまっていました。真っ暗闇の夜は、まったく見知らぬ世界でした。なんだか奇妙でちょっと怖い感じがしたものです。

泥炭が燃える暖炉のすぐ隣に、古びて真ん中が沈んだソファーがありました。いつも快適な坐り心地を提供してくれるソファーです。私はそのへこみにすっぽりと体を預けて横になりました。ちょっと休憩するだけ、と思ったのですが、モルペウス[1]の誘惑に負けてしまったのでした。目を覚ますと、掛け時計が午前四時を打っているところでした。なんてこと。楽しみにしていた夜の貴重な時間が、ほとんど終わっているではありませんか。夜は、眠りの国にのみ込まれてしまったのでした。

　私が眠りの国にいる間に、辺りに変化が起きていました。かすかな朝の光が、窓から少しずつ家の中に入り込んできています。私は寝ぼけまなこで戸口まで手探りで進んでいきました。玄関まで来てみると、ドアの下から柔らかな光が差し込んで広がっています。ゆるんだ真鍮のドアノブをガタガタと回し、ゆっくりとドアを開けました。

　すると、外は別世界に変わっていました。水平線に現れた朝日のかけらが、じわじわと真っ赤な丸い姿になり、光線を放って空を色とりどりのドームに染めていきます。

はじめは、聞き取れないほど小さな小鳥の声が、近くの木立にある砦跡の方から聞こえてきました。この合図に、ゆっくりと別の一羽の声が続き、そしてまた、もう一羽の鳴き声が続きました。羽毛をまとった姿の見えないオーケストラが、暁のコンサートを催す準備をしているのでした。明るい光が山々の上に降り注ぎ、牧場は次々に黄金の陽だまりになっていきます。小鳥が奏でるシンフォニーは、しだいにわが家のまわりの木立に広がっていきました。周りのあらゆるものが朝日に照らされて生き生きと輝き、夜明けのコーラスが、新しい一日のはじまりを歓迎していました。

　これはもうずいぶん昔の体験ですが、新しい一日を迎える瞬間の美しさに気づくきっかけとなりました。何十年も過ぎたあと、私はガリラヤ湖[2]に昇る朝日を見つめながら、初めて夜明けを迎えたときの記憶をたどっていました。そこでは、大地を祝福するため、天国が降りて来たように感じていました。そして今、三度目の夜明けを体験しようとしています。庭をぶらぶら歩いていると、朝日を浴びて光る蜘蛛の巣にはっと目を奪われました。低木の茂みが、蜘蛛の巣のキラキラ輝くヴェールで包まれているのです。こんな複雑なデザインをひと晩で作り上げることができるとは驚きです。庭じゅうに漂う清々しい香りが、体の中にしみこんできます。体がゆったりとした雰囲気に包まれ、心の中に安らぎの池ができあがっていきます。今日という一日が目が回るほど忙しくても、心の池は乱されることはないでしょう。

心の聖域

五分だけ　私にください
夜明けを迎えたいから
夜明けが芝生の上をゆっくりとなぞる

露に濡れた指先に触れたいから
太陽が闇を追いやるのを
朝もやの木の下で見つめたいから

柔らかな透き通った陽光が
暗闇を照らし

目覚めた小鳥たちが
嬉々として朝を迎える声を聞き
その喜びを私も感じて
小鳥のように一日を迎えたいから

穏やかなこの光景が
せわしない一日のバランスを取り
心をゆったりと静めて
安らぎの池を作ることができるように

ゆっくりと朝を迎える

ゆるやかに目覚めたい
新たな一日に向かって
太陽の光が穏やかに
地平線を縁取り
燃え立つような夜明けが来る

小鳥たちは優しく
陽光を歓迎して
一斉に夜明けのコーラスを
歌い始める

雌牛が目を覚まし
その体を

ゆるりと伸ばしていく
そして友に向かって
鳴き声を響かせる

私もゆっくりと受け入れよう
心静かに穏やかな気持ちで
この新しい一日に
起こるだろう様々なことを

この日が私に
もたらしてくれるものと一緒に
私の魂が
むつまじく踊りだすように

1　ギリシア神話に出てくる、眠りと夢の神。
2　イスラエル北東部に位置し、「テベリアの海」などの名で聖書に登場する湖。古代には沿岸で漁業がおこなわれ、周辺には多くの町や村があり賑わっていた。

心と体のメンテナンス

近ごろは、お風呂に入る代わりにシャワーを浴びる人の方がだんぜん多くなりました。シャワーならずっと短時間で済み、その上ずっと衛生的だからです。つまりシャワーの方が現代人の生活に適しているのです。こんなせわしい世の中、お風呂に入る余裕のある人などいるでしょうか。それに「風呂に入る《テイク・ア・バス》」という言い方さえ、昔の暮らしから、現代の生活にそぐわない何かを「取り出し《テイク》」て使おうとしている様子を連想させます。お風呂は時代遅れです。「入浴する《ハヴ・ア・バス》」必要などないのです。不要なものを「持ち《ハヴ》」続けているなんて無意味です。入浴は、時間の浪費に過ぎません。バスタブに水を張るのに時間がかかる上に、ちょうど良い温度にするのにもっと時間を無駄にします。冷たすぎて心臓発作を起こしても、熱すぎて生きたまま茹でられてもいけませんから。こんな風に、とにかく時間がかかるのです。あなたには、そんな余裕はありません。たとえ面倒な準備を終えてお風呂に入ったとしても、あがったときに、体が完全にきれいになったといえるでしょうか。衛生的な観点からすると、

NORWEGIAN FORMULA
body oil

シャワーの方がずっと優れています。シャワーなら、汚れた水は排水口からすぐに流れ出ていきます。お風呂のように、汚れが泡に混じってぷかぷか浮いて、洗ったばかりの体にまとわりついたりしません。要するに、入浴は時間の無駄使いだということです。今後いっさい、お風呂に入らないことにしましょうか。

でも、ちょっと待ってください。お湯を抜き、バスタブにおさらばする前に、もう一度考え直してみてください。入浴する、いえ、お湯に浸かるという行為を、別の角度から見てみましょう。お湯に入るというのは、単に汚れを落とす以上の行為です。シャワーは体の汚れをきれいに落としてくれますが、お風呂はもっと良いことをしてくれます。シャワーは体をきれいにしますが、お風呂は心も体もきれいにしてくれます。シャワーはさっと済ませるものですが、お風呂は入る行為自体を楽しむものです。つまりシャワーが必要なものだとしたら、入浴はぜいたくな行為といえます。人生とは、目的地に到達しようとただ進んでいくものではなく、旅の過程を楽しむものなのです。お風呂はこのことを巧みに表す行為といえます。そう、人生は、旅路を楽しむことが大事なのです。さあ、今この瞬間を楽しもうではありませんか。

まず、浴室のドアに「邪魔しないでください」と張り紙をつけましょう。天井の電灯はつけない方がいいでしょう。頭の上で電灯がギラギラしていると、リラックスできませんから。まるで手術室のベッドに横たわっている気分になってしまいます。だから、電灯のスイッチには触れないこと。とっておきのバスオイルを取り出してきて、蛇口から出てくる水の流れに垂らします。たっぷり入れましょう。ここでけちってはいけません。良い香りのするキャンドルを家じゅうからかき集めてきます。できればラベンダーの香りがいいでしょう。リラックスするにはラベンダーが最適ですから。バラの花びらやジャスミンの花を散らしてもいいですね。あなたの好きなものを使ってください。なにしろ、あなたが心地よく感じることが大切なのですから。心の中の心配事は、黒いごみ袋に詰め込んで浴室のドアの外に出してしまいます。バスタブの片側に良い香りのクッションを置いて、頭をもたせかけられるようにします。バスタブの縁の上にキャンドルをぐるりと並べ、出入りするための部分を空けておきます。さあ、火を灯してみましょう。キャンドルの炎が揺らめく中、お湯が泡立ったら、勢いよくするりとお湯に入り、かぐわしいクッションに頭を預けます。そうやって少し待ってみましょう。きっと素敵なことが起こりますよ。

元気を取り戻す

渦巻く流れが
年を重ねた老女の体を包む。

ゆっくりと浴槽の縁を乗り越え
私は泡立つ温もりに体を沈める。

子どもたちは世話が焼ける
夫は冷たい
友は身勝手
いっそ死んでしまおうか。

体が溶け
心は消え
存在が無になって
何もかも忘れてしまう。

熱いお湯をときどき注ぎ
一時間が過ぎてみると
自分を取り戻している。

Scented Candles

子どもたちは自立している
夫は優しい
友は頼りになる。

生きていて良かった
浴槽の縁をひょいと乗り越え
お風呂から出ると
活気にあふれ美しくなって
老女の悩みはすべて
排水口にのみ込まれて
消えている。

アフタヌーンティー

「アフタヌーンティー」と聞くと、こんな場面が思い浮かびます。リージェンシー時代[1]のレディーみたいに上品な女性たちが、ボーンチャイナのティーカップで紅茶をいただいています。場所はどこかの邸宅の豪華な客間か、でなければ、美しく刈り込まれた広い芝生に立つ、大きく枝を広げた木の下かもしれません。おそらくこの習慣は、かつてのビッグ・ハウス[2]で始まったのでしょう。あの手の邸宅では、少なくとも階上の住人[3]は、日常的に娯楽を楽しんでいて、一日中ずっと飲んだり食べたりしていました。最近『ロード・アンド・レードル』[4]というテレビ番組を見ていて、一度の食事であれほど大量に食べ物を消費することに驚いてしまいました。邸宅の食事の時間には、少なからず儀式的な堅苦しさがありましたが、それでもアフタヌーンティーだけは、ゆったりと楽しい雰囲気に包まれていました。上半身を締め付けていたコルセットをゆるめて体を解き放ち、子ども部屋から解放された子どもたちと一緒に遊んだり、芝生でクローケー[5]を楽しんだりする時間だったのです。

AD

そして、大地で実際に働いていた、ずっとつましい人々の家庭でも、アフタヌーンティーは行われていました。もちろん、呼び名もお茶をいただく場所も、貴族とは違っていましたが。子どもの頃、うちの実家では「四時のお茶」と呼んでいました。それは長い午後の重労働からほっと一息つく休憩時間でした。昼食から夕食までの時間が午後一時から七時と長く、その間にいただく軽食として始まったのでしょう。あの頃の農場では、一日のうちいちばん大切な食事は昼食で、必ず午後一時に食べていたものでした。夕食は、乳搾りを終えた午後七時でした。農夫たちは長時間お腹を空かせることになり、どうしても午後四時のお茶は必要だったのです。

干し草づくりをする夏の数カ月は「四時のお茶」を外の牧場でいただいたので、「牧場のお茶」と呼んでいました。いつもの黒パンの他に、たいていは、手作りのりんごのケーキなど、何かひとつ甘いものを食べました。そういうわけで、仕事場でいただくとはいえ、このお茶には気晴らしとかちょっとした楽しみという意味があったのです。「牧場のお茶」を楽しんでいる間は、おしゃべりをしたり、温かい干し草の上に寝転がったり、干し草を一本口に含んでくちゃくちゃ噛んだり、きれいな蝶がひらひら舞うのを眺めたりしていました。労働力の一部として農場を手伝っていた子どもたちには、周りの溝の中や盛り土の上を探検し、カエルの卵や野鳥の巣を見つけて遊ぶ時間でした。だから、どの農場でも、「牧場のお茶」は日々の暮らしを少し楽にするという意味合いがあったのです。

ありがたいことに、アフタヌーンティーの習慣はすたれず、近頃また、はやり始めています。良いアフタヌーンティーを楽しむためには、場所選びが何より大事です。ふさわしい場所で心地よい雰囲気の中、気の合う人々と一緒においしい食べ物をつまめば、とても素敵な時間になります。最近では、アフタヌーンティーに力を入れているホテルもあります。現代の私たちは常にせわしない生活を送っているので、そんな中、のんびりとくつろぐことが必要だと感じ、アフタヌーンティーが見直されたのかもしれません。アフタヌーンティーに急いで出かけていく人はいません。アフタヌーンティーとは、ゆったりと時間をかけ、その瞬間を楽しむものだからです。

1　一八一一〜二〇年、イギリス国王ジョージ三世に摂政がおかれていた時代。上流階級の人々が豪華で華やかな日常を送っていた。
2　アングロ・アイリッシュ（イングランド系アイルランド人）の上流階級が住んでいた邸宅の総称。
3　貴族の一家のこと。貴族の邸宅では、家族が上の階に住み、半地下または地階に使用人が住んでいたことから。
4　二〇一五〜一六年にアイルランドで放映されたテレビ番組。国内トップのシェフ三人が出演し、大邸宅で昔の貴族の食事を再現した。「貴族と玉しゃくし」ほどの意味。
5　木製の玉を木づちで打ち、地面に立てたゲートを通過させる球戯。芝生の上で行う。

いつもの日

その日は、普通の一日でした。しかし、いつもと変わらない日だと思っていたのに、後で振り返ってみると、ただのありふれた日ではなかったのだとわかることもあるものです。二度とない、かけがえのない日だったということがわかるのです。

数年前に友人たちとアフタヌーンティーを楽しんだ日が、そんな一日でした。あのとき私たちは「素敵なひとときだったわね、今度また楽しみましょうね」そう思っていたのです。ところが、それがみんなで楽しむ最後の機会となり、そんな機会は二度と来ないとは、思いもよりませんでした。

ノーマとブライアン夫妻は、わが家にほど近いドロームキーンの森の奥まった所を切り拓き、素敵な家を建てました。木々の間に立つふたりの家は、周りを囲む森に溶け込んでいました。その家にたどり着くには、両側に木々やシダが生い茂る、曲がりくねったでこぼこ道を進んでいかなくてはなりません。くねくねしたカーブを道なりに曲がっていくと、木々に

囲まれた一軒家に到着します。周りの景色と見事に調和しています。

ブライアンは木工施盤工です。家の敷地のために、やむなく伐採した木で得た木材を、庭の小屋の中に積み上げて丁寧に保管していました。後にブライアンは、その木材で美しいテーブルや木彫りの電気スタンドを作り上げました。ブライアンお手製の電気スタンドが、わが家にもひとつあります。なめらかな木の表面を手でなでると、なんとも心地よい気分になります。

ふたりの家は、ノーマにとって申し分のないものでした。家の周りは地面が少し高くなっていて、そのいたるところに、野生の花々を育てていました。蝶が大好きだったからです。ノーマ自身が美しい蝶のような人で、岩やシダや野生の花々に囲まれ、自然の中を漂って楽しんでいました。インテリアのセンスも抜群で、品の良い優雅な品々で家の中を美しく飾っていました。また、環境保護の意識が高く、地元の「きれいな町コンテスト[1]」に参加するグループの一員として、自宅近くの小道や道路でゴミ拾いをし、村のあちこちに木々や草花を熱心に植えていました。チャーミングで優しいノーマには友人が多く、みんなに大変好かれていました。

あるよく晴れた夏の午後、ノーマは私たち友人をアフタヌーンティーに招待してくれました。表に面した部屋の、庭へ張り出した窓辺に円いテーブルが置かれ、刺繍を施したテーブルクロスが掛けてありました。そこから庭がよく見えます。繊細で美しい茶器とおいしそうな焼き菓子が置かれたテーブルをみんなで囲みました。料理上手なノーマは、美しく盛り付けることも得意です。本当に楽しい午後でした。読書や絵画、ガーデニングなどの共通の話題で話が弾みました。この点については、マクベス夫人もこう言っています。

食事をするだけなら自分の家がいちばん、
人の家では歓待が料理の味付け、
せっかくの集いもそれなしでは味を失います。

（ウィリアム・シェイクスピア著、小田島雄志訳『マクベス』白水社）

お茶と軽食をいただいたあと、私たちは家の中や庭を見せてもらいました。私は、マントルピースの上に置いてあるグリーティングカードに引き付けられました。真っ白な長いドレスに赤い帽子という姿の女性が、白いハンモックでくつろぐ絵が描かれています。その日招かれていたアネットが、休暇で出かけた先からノーマに送ったものでした。カードはノーマの雰囲気をうまくとらえていました。私はカードを借りて帰り、のちにその絵を油絵で描いてノーマにプレゼントしました。

ノーマは看護師で、いずれはホスピス専門の看護師になりたいと思っていました。優しく親切な人柄ですから、多くの人々の苦しみを和らげることができたでしょう。ところが、こ

の計画は実現しませんでした。アフタヌーンティーの数日後、夫のブライアンと友人のヘレン、それにヘレンの夫と出かけた先で、ノーマは意識を失って倒れたのです。脳腫瘍と診断を受けました。最初の発作を乗り越えたノーマが退院すると、アネットがみんなに言いました。

「ノーマに残された時間を楽しいものにしてあげましょう。今ならまだ時間がある」

そして、その言葉通りに行動したのです。

こうして私たちは、コーク西部のあちこちを訪れることになったのでした。車の中で会話がはずみすぎて、何度も道を間違ったものです。ゴーガン・バーラ[2]へドライブに出かけたときなど、アネットがこう大声を上げたこともありました。

「あれ、曲がるはずの角を通り過ぎて、四マイル（約六・四キロメートル）も走っちゃった」

本当に、走り過ぎていたのでした。

ノーマはあの貴重な日々の、すべての瞬間を楽しんでいました。やがて最期のときが来ると、ホスピスの素晴らしい看護師たちと友人のヘレンがノーマの自宅で世話をしました。そしてノーマは、大好きな人々に囲まれて安らかに息を引き取ったのです。

森の中の家で素敵なアフタヌーンティーを楽しんだ特別な午後の記憶は、きらきら輝く大切な思い出として心の中に残っています。あのとき、私たちだれもが、その日がいつもと変わらない日だとしか思っていませんでした。この一件で、心にしっかりと刻みつけたことがあります。今という瞬間を大切にしなくては。同じことはもう二度とできないかもしれないのだから。

1　アイルランドの環境省が開催するコンテスト。一九五八年から毎年行われ、その年の「アイルランドでいちばん清潔な町」が選ばれる。

2　コーク県の森林公園にある湖。小さな半島が突き出ており、そこに礼拝堂がある。

大地を踏みしめて

瞑想を指導する男性の心地よい声が、優しく響いています。男性の言葉は、蝶がアザミの綿毛に舞い降りるように、私たちの頭の中にふわりと入ってきます。私はその週末、瞑想の修養会に参加するため、コーク県西部の奥深いところにある、ゾクチェン・ベアラ仏教センターにいました。単調な日々の暮らしから気分転換するためです。

私たちは、前の晩遅く到着していました。センターのまわりの山々は暗闇にすっぽり包まれ、海が静かにため息をつく時間でした。センターは山の斜面にへばりつくように立っているため、階を行き来するには、狭い通路を上ったり下りたりしなくてはなりません。瞑想の指導は仏像が置かれた部屋で行われていて、しんと静まり返る中、アンドリューとステファニーの声だけが聞こえます。ふたりが交互に指導しているのです。

アンドリューが、歩行瞑想について話し始めました。かねてから、いったいどんな瞑想なのだろうと思っていました。アンドリューによると、私たちは歩いているとき何かを感じ、聞き、見ていますが、同時に、ある場所に存在していることになります。そこにいるという行為を、ゆっくりと気持ちを込めて行うことが歩行瞑想だというのです。つまり、その場に自分が存在していることをしっかり感じる、ということです。長いこと忘れていたある歌が、ふと私の頭の中に流れてきました。

「のんびり行こう、急ぎすぎだ」[1]

それからアンドリューの提案で外を歩くことになりました。山の斜面を、行きたい方へ思いのまま歩いて良いのです。一月でしたから、ぬかるんだ道のあちこちに水たまりができていました。防水機能のついたブーツで一歩一歩ゆっくり歩みを進めていくと、足元で泥水がガボガボ音をたてました。心地の良い、大地の音です。ぬかるみに足がはまりそうになり道の端へ逃れると、足の下で雑草が沈み込み、草の間から泥水が湧き上がってきて、私のブーツにまとわりつきます。ああ、裸足になりたい。

子どものころ故郷の農場で、ぬかるみの中に裸足で飛び込んだものでした。泥が足指の間で盛り上がるのを、なんとも心地良く感じました。ほかほかで柔らかい牛の糞の上にも素足で飛び込みました。これが夏の愉しみのひとつだったのです。あらいやだ、と感じる方もいますよね。でも子どもの頃の私たちには、足の裏の糞の感触が本当に気持ち良かったのです。牧場には牛の糞がいっぱい落ちていて、その上に素足で着地するとぞくぞくしたものです。出てきたばかりの糞なら、柔らかい緑色のクリームのように足指の間にまとわりつきます。

まるで湿布のように、足の裏とかかとを包み込んでくれるのです。最高に気持ちが良いのです。おそらく、足の健康にも良かったと思います。その後で、露に濡れた草の上を裸足で走り回りました。すると、露のしずくが温かい流れとなって、すねやふくらはぎを伝って下りていくのを感じたものでした。それがまた、心地良かったのです。そういう大地との触れ合いが発展して、現代のボディマッサージが生まれたのかもしれません。私は足裏マッサージに出かけると、ほかほかの牛の糞から始まったのではないかしら、ついそう思ってしまいます。今では泥や牛の糞や草葉の露は、良い香りのオイルに代わってしまいました。でも、足裏に何を塗るにしても、大切なのは気持ちをなだめるということなのです。

　ふいに私は、ゾクチェン・ベアラに引き戻されました。せんさく好きなコマドリが、様子をうかがいにやって来たからです。すぐそばの、石ころだらけの溝の中に舞い降りて、興味深げに頭をかしげています。人間を怖がる様子はありません。ここはこの小鳥のなわばりです。いじめる人などいないのです。

　私はゆっくりと歩みを進めていきました。山の端の崖近くまで来ると、ロバの保護園[2]があり、そこでぬかるみが深くなっていたので、歩みを止めました。山は、冬の柔らかな白いコートをまとっています。下をのぞくと、ねずみ色の厳かな海が見えました。冬になり、自然はすっかり身を隠しています。景色を眺める私の心は、不思議なほど静かに落ち着いていました。

牛の糞

子どものころ足で感じた
三段階の牛の糞

はじめは緑色の温かい水っぽいものが
押し付けた足指の間で盛り上がる
沈むかかとを包み込む湿布。

次は水分が発酵していて
黒ずんだ表面の下を
つま先でまさぐると少し固い。

最後は固いグレーの塊
柔らかい足裏に
ひからびてザラザラした感触

命を育む大地に
水分を吸い取られたから。

尊い牛の糞は大地を肥やし
私たちに日々の糧を与えてくれる。

1　サイモン&ガーファンクルの曲『59番街橋の歌（フィーリン・グルーヴィー）』（一九六六年）の一節。
2　病気やケガ、高齢などの理由で仕事を引退したロバを保護し、養うための施設。イギリスやアイルランドなどに多く存在する。

独創の素晴らしさ

この夏、思いがけなく嬉しい申し出を受けました。彫刻家のジョーゼフ・ウォルシュが工房に招待してくれたのです。家具作りを神業のレベルにまで高めてしまった、素晴らしい才能の持ち主です。私は思いを巡らせました。ジョーゼフは、一体どんなものを考え出したのかしら？　今回は、何を完成させたというのかしら？

ジョーゼフ・ウォルシュの作品は人の心を打ちます。彼の工房に入ると、この人並外れた才能を持つ彫刻家が示す、途方もない構想に、すっかり心を奪われてしまうのです。幼いころ自らの独創力の可能性に目覚めたジョーゼフは、魂のリズムに合わせて創作活動をしてきたのでした。そして今、彼の工房に足を踏み入れた私は、独創的で心を揺さぶる作品に圧倒され、言葉を失いました。

そして、あまたある作品の中からある一つの作品に引き付けられたのです。それは、晩餐用の長いテーブルでした。淡いグレーのつややかな表面が目に飛び込んできました。私の想

像力がフル回転し始めます。このテーブルの表面は、深い海の底で、途切れることなく行ったり来たりし続ける潮の流れに削られてでき上がったのだわ。ほとんどそう思い込んでしまいました。想像している間ずっと、目の前で波が打ち寄せては消えていて、その間から流れるような髪をたたえた海の女神が現れ、波間を移動していきました。私には、そんな光景が見えたのです。胸がわくわくしました。じっと見つめるテーブルの表面を、想像力が作り上げた映像がどんどん流れていきました。

表面の下では、美しい波のうねりを精巧にかたどった足の部分が、この大海の最高傑作を支えており、あたかも波間に浮いているかのように見せています。テーブルが、まるごと深い海の底から浮かび上がってきたように思えます。でももちろん、そうではなくて、制作者の才能の深みから浮かび上がってきたものなのでした。心を打つこの作品は構想から完成にいたるまで、すべてが才能のなせるわざであり、見る者はみな、壮麗な美しさに圧倒されてしまうのでした。

工房の外には、白鳥のように優美な、制作途中の作品が置かれていました。完成品を見る人々は、きっと畏敬の念を抱くことになるわね。容易にそう想像できました。

それから私たちは、外の古びた農家を見学しました。ウォルシュ家の人々が何世代も住んできた家です。先祖の人々が使っていた、農家によくある家具にまぎれて、ジョーゼフが若い頃に作った道具が置かれていました。彼の才能は、こういう初期の作品から育まれたので

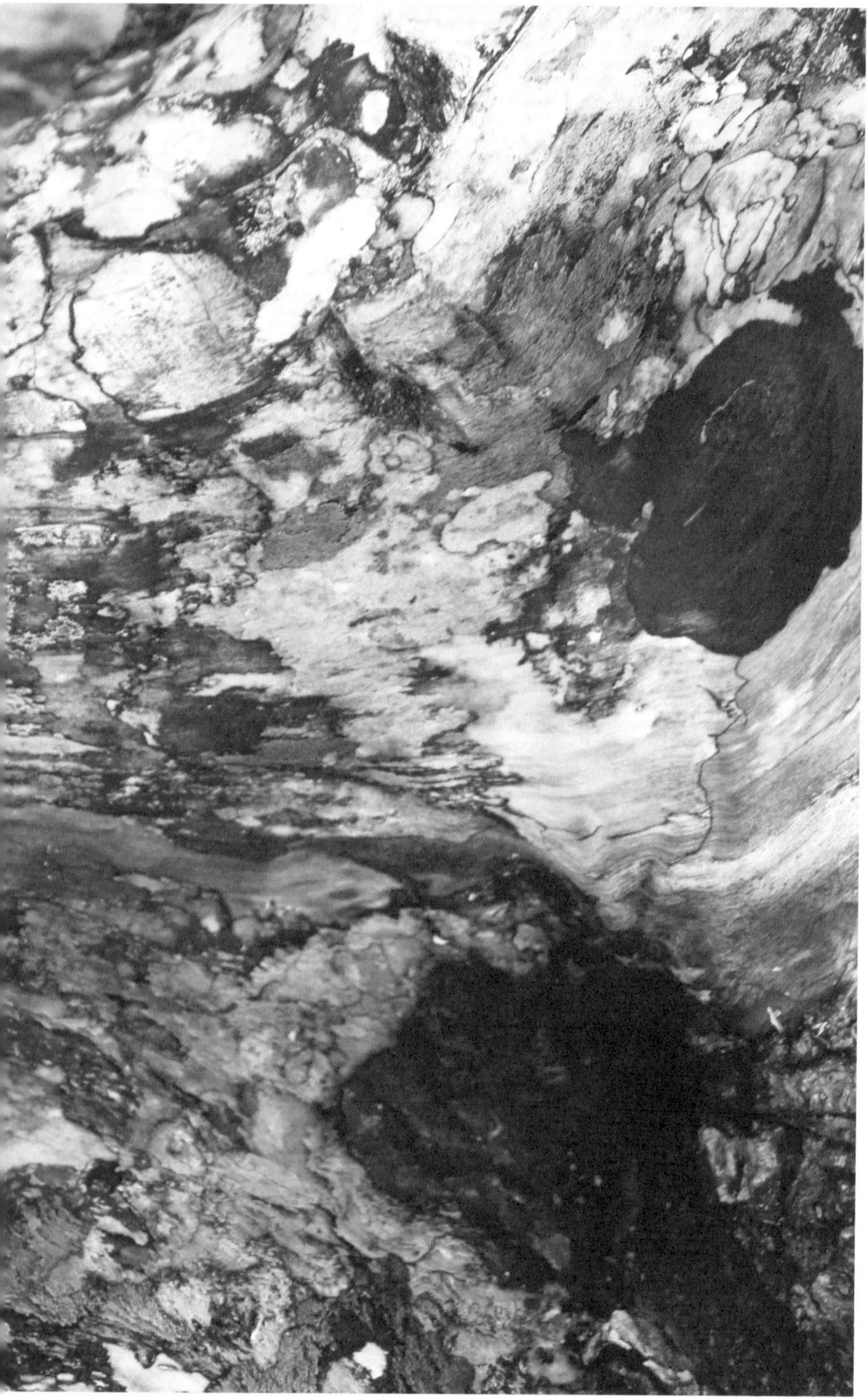

しょうか？　このようにシンプルな作品を作ることで、創造力が培われたのでしょうか？なにしろ今ではジョーゼフの作品は、世界の一流のショールームだけで巡回展示されているのです。

農家の周りの木立には、若木がたくさん生えていました。豊かな大地でしっかりと成長しています。自然を育む豊かな土壌は、私たちの内なる創造力をも豊かにしてくれます。同胞の見事な創造力を目の当たりにすると、私たちはこれまでにないほどの高みへと押し上げられ、神聖なものを垣間見る機会を与えられたように感じます。幻想画家のウィリアム・ブレイク*も同じように感じ、こう言い表しました。

「イマジネーションとは、神の存在の証である」

神々しさと創造力は生命の躍動ともいえるもので、私たちをありふれた日常から連れ出し、心躍る領域へと導いてくれます。蝶のような幻の羽を与えられた私たちは、日常から脱出し、不思議の世界へ向かって羽ばたいていくのです。

＊　一七五七〜一八二七年。イギリスの詩人、画家、神秘思想家。

ちゃんとお世話をしてくださる？

　私は殺し屋です。ためしに、観葉植物を与えてみてください。ひと月以内に枯らしてしまいますから。これまで何度も、室内にあった鉢植えを干からびさせ、太陽の光を十分に当てず、栄養不足にしてきました。けれど、私がそんなことをするとは、誰も思わないようです。というのも、ひと晩中眠らずにギボウシについたナメクジをつまみ出したり、窓辺のプランターの植物を、生まれたての赤ちゃんのようにかわいがったりするのですから。ところが室内植物を育てるとなると、世話好きな性格は身をひそめてしまいます。ひと晩のうちに、植物愛好家から殺人鬼に変わってしまうのです。室内に置いてあるとはいえ、植物に変わりはないというのに。矛盾していますよね。私ってジキルとハイドみたいに、二重人格なのでしょうか。

　でも、もしかしたら、そんな性格が変わるかもしれません。先ごろ、友人のアネットがガーデニング仲間とふたりでわが家を訪れました。コーク空港に飛行機で到着したその人をア

ネットが迎えに行き、目的地へと連れていく途中、庭を見るのにうちに寄ってくれたのです。一月のことで、庭は美しいとはいえない状態でしたが、ガーデニング好きならそんなことはもちろん承知しています。まあとにかく、園芸好きな人は、どんな季節であろうと、他人の庭を見たがるものなのです。あまり認めたくはないのですが、園芸愛好家は、常に自分の庭を誰かに見てもらいたいとも思っています。結局のところ、みんな心の底では庭を見せびらかしたいのです。

アネットが入ってくると、わが家に幸福感と活力がもたらされたようでした。シックな黒い帽子、それによく合うコートに黒いロングブーツというういでたちは、ファッションショーのモデルのようです。しかも、そのファッションによく似合う観葉植物を抱えていたのです。つやつやした深緑の葉のあいだから、ほんのりバラ色がかった白いハート形の花がのぞいています。最高に素敵な鉢植えです。

アネットと友人が去った後、うちに来たばかりの植物と私は、互いに品定めをし合っていました。気の利く女主人がするように、私は彼女のセロファンの外出用コートを脱がしてやりました。すると、背筋がすっと伸びた優雅な姿が現れました。馬の専門家なら、骨格と血統で馬の良さを判断します。馬に例えたら、この植物は、トップクラスの厩舎の出だと思います。大切に育てられたことが、にじみ出ているのです。外出用の外履きを履いたままの彼女に、もっとふさわしいものを持ってきて差し上げなくては。物をためこむ性格が役に立つのはこんなときです。わが家の裏のポーチには、あらゆる種類の植木鉢が置いてあるのです。その中に、丈が高く、堂々とした黒い鉢がありました。これがいいわ。この新しいお客様には、花柄の少女趣味の植木鉢ではいけません。本人だって嫌がるでしょう。こうして彼女は、黒檀のように黒い植木鉢に入ることになりました。まさにぴったりです。

私は彼女に話しかけました。お美しいですね。だけど、お世話するのが大変そうね。すると彼女は、私の目をまっすぐに見つめ、高飛車な態度でこう言ってきたのです。

「ちゃんとお世話してくれるんでしょうね」

彼女と社交上のやり取りを交わした後、私はネームプレートを確認しました。アンスリウム・アマリア・エレガンス。エレガンスという名がすべてを語っています。続いて、お世話の仕方を読んでみます。私にはホームセンターに勤める友人がいるのですが、その人によれば、ほとんどの人はとりあえず作業をしてしまってから、やおら説明を読み始めるといいます。私も、その手の人間です。でも、今回ばかりはそうはいきません。いい加減にするわけにはいかないからです。私は、これまでの態度をすっかり改めようとしていました。ただ、彼女のお世話の仕方を書いた人物は、こう思い込んでいるようなのです。この植物の持ち主は、彼女のたたずまいから判断して、何がお望みなのか察知できる、つまり、このレディーの扱い方を完全に理解している、と。だから、そうではない私は、グーグルに頼ることにしました。

ものを知らない私たちの頭の中に、グーグルが知恵を授けてくれるようになる前、私たちはどうやって生きていたのでしょうね。ご存知のとおりグーグルは、中途半端な検索はしません。だから、エレガントな友人のお世話の仕方が大量に出てきて、読むのに一時間はかかりそうです。けれども、大事なことをまとめると、彼女アンスリウムは、温暖な気候のもとで生まれ育ったため熱と湿気を好むけれど、どちらも過度ではいけない、というのでした。寒いのは問題外です。要するに、熱くても寒くても喜ばない、というのです。明るい場所を好みますが、直射日光は嫌がるため、日光を遮るものが必要です。それに、少々飲みたがり屋です。適量を飲むだけなので、のんべえではありませんが、下戸でもないのです。こうして、あらゆる説明を読んでしまうと、何にも増して重要なのは、置き場所だとわかりました。さらに読んでいくうちに、このお客様が王家の血筋を引く、プリンセス・アマリア・エレガンスだということも発見したのです。まあ素敵。このお客様には、ロイヤルファミリーに対するおもてなしをしなくては。

早急にすべきことは、彼女の望みをすべてかなえることのできる、理想の置き場所を選ぶことです。でも私の場合、もっと大事なことは、彼女そのものの存在を忘れてしまわないように、目に入る場所に置くということなのです。それに加えてさらに大切なのは、彼女の姿をじゅうぶんに楽しむことのできる場所を選ぶことです。こうしてプリンセス・アマリア・エレガンスと私は、家じゅうを踊りまわるようにして、安住の地を探したのでした。

室温という点では、おそらく台所が最適ですが、窓辺が高すぎて彼女の美しさを引き立てるように見せることができません。それに彼女も、台所なんぞで承知するはずがないと思うのです。なにしろ威厳にあふれていますし、ましてや王家の方ですから、炊事場に似つかわしくありません。むしろ、応接室がお似合いです。それでも、わが家に来てくれたということは、庶民レベルにお下がりくださったということですから、まあ多少は我慢してもらいましょう。浴室は、使っていないときは零度以下になるので問題外です。玄関は風が入り込んで寒すぎます。他の場所もいくつか検討しましたが、うまくありません。

ついに私たちは結論に達しました。通りに面した部屋の窓辺です。玄関から台所へ行くときに通る部屋ですが、ここがいちばんふさわしいということになりました。常に私の目に入る場所だから、彼女を忘れることもありません。窓は南東を向いているため適度な明るさがあります。それにレースのカーテンで熱い日差しから彼女を守ることもできます。冬の夜には厚手のカーテンを閉めますが、彼女をすぐ脇のテーブルに移しておけば、外から忍び込む冷たい空気にも当たりません。すぐ隣は台所ですから、水やりにも便利です。何より大事なことは、彼女の美しい姿を演出するのに、ちょうど良い高さだということです。後ろの窓から差す明るい光が、深い色合いを引き立て、ほんのりバラ色がかった豪華な花々を際立たせます。理想的な場所が見つかりました。ふたりとも大満足です。

実は、この植物が部屋を見違えるようにしてくれるとは、思ってもみませんでした。彼女は、部屋に命を吹き込んでくれたのです。そして毎晩、窓辺から軽やかに下りると、隅のテーブルの上に落ち着きます。その場所で部屋の柔らかな明かりを受けて、白い花を輝かせています。朝になると窓辺に戻り、日の光を背に優雅な葉を広げます。部屋は一日中、彼女の存在感で満たされるようになりました。おかげで、部屋が生き生きするようになったのです。これでもう、私が彼女を枯らしてしまうことはないでしょう。わが家にやって来て、彼女が最初に発した言葉が頭から離れません。ちゃんとお世話してくれるんでしょうね。

私は懸命にお世話をするつもりです。ただ、これまでの実績を思い起こすと、とたんに自信がなくなってしまうのですが……

第二部　ルーツ

父と母はふたりで外へ出て、畑や牧場に聖水を振りかけて祝福しました。

退屈から生まれる美

子どもとは、乾いたスポンジのように、周りのあらゆることを吸収してしまうものです。何か大切な瞬間を体験すると、それは種のように心の中に残り、大人になってから特別な折りに花を咲かせるのではないでしょうか。ちょうど草原に落ちた種のように、私たちの記憶の種も長いあいだ芽吹くことなく眠り続けているのかもしれません。しかし、ちょうどよい条件がそろうと、ひょいと芽を出すのです。素晴らしい瞬間です。

娘がまだ子どものころ「ああ退屈、つまらない」と私に不平を言ってきたことがありました。そのとき私は「退屈するのは、つまらない人間だけよ」と言い聞かせたのでした。娘は、いまだにこの言葉を口にしては面白がっています。子どもは退屈すると、自分で何かを考え出して遊ぶものです。私たちみんなの心の中には、退屈しなければ見出すことのできない大切なものが、しまい込まれているのです。

いつでしたか、子どものころ、私にもそんな瞬間がありました。バリーブニュンで過ごし

ていた、[1]あるお天気の良い夕暮れでした。毎日夕方になると、母はいやがる私を教会へ連れて行き、ロザリオの祈りを捧げていました。夏の長い昼間を、切り立った岩に囲まれた温かい水辺で泳いだり、ビーチで鬼ごっこをしたりして過ごした後、薄暗い教会でじっと黙っているなんて、まったく歓迎できないことでした。昼間は屋外で元気に体を動かし、夜はバンパーカー[2]やスロットマシーンが人気を集める「遊園地」で楽しく遊ぶのです。教会は、その間に割り込んでくる邪魔なものとしか思えず、しんと静まり返った室内で祈りを捧げるなど、やりたいはずがないのでした。母は「信念は絶対に曲げない」タイプの女性でしたから、私がわざとそわそわしたり、いかにも退屈そうなため息をついたりしても、完全に無視して黙々とロザリオの祈りを捧げていました。祈りがどこまで進んだか確認しようと、ロザリオの数珠のどのあたりを握っているか[3]見ると、この喜ばしく神秘的な行為のまだ半分にも達していません。つまり、イエス様はまだお生まれになってもいないのです。成長して子どもになってから、両親にエルサレムへ連れて行かれ、そこで迷子になるという具合に続くというのに。イエス様の生涯については、よく知っていました。というのも、うちでは毎晩母が声を出してロザリオの祈りを捧げていて、一連ごとに「アヴェ・マリアの祈り」[4]を十回唱える前に、イエス様の話を唱えていたからです。でもこの教会では、声を出さずに祈らなくてはなりません。そのかわり残念なことに、「お祈りはここでおしまい」という掛け声もなかったのでした。うちでは父が母を止めてくれたので、それで私たちはほっとしたものでした。

教会では、際限のない母の祈りを止めてくれる人はいません。だから、ロザリオを唱えた後にあらゆる「お願い」が付け足されて、祈りが延々と続くとわかっていました。その間ずっと母のとなりでひざまずいていなくてはならなかったのですが、とうとう私はしびれを切らし「外で待ってるね」と大声で耳打ちすると、裏口へ向かったのでした。

私は外の石垣の上に腰を下ろすと、道の向こうに広がる野原に目をやりました。とくに目を引くものはありません。イバラと低木と雑草でいっぱいの荒れ地が広がっているだけです。それが、坐ったまま退屈にまかせて足をブラブラさせていると、きれいな赤いひなげしの花が目に入ったのです。ハッとして見入ってしまいました。すっかり心を奪われたのです。このお花、いったいどこから来たのかしら？　昨日の晩もここに咲いていたっけ？　そうだとしたら、目に入らなかったことになります。でも今は、花から目を離すことができません。花は、丈が高く、優雅で繊細で、深紅のバラのような美しい色合いをしていました。うっとりするほどきれいなのです。そよ風の中でバレリーナのように優しく揺れていました。花が地面から抜け出し、ふわふわと野原を横切って、私のもとにやって来るのではないかと思えました。母が教会から出て来たとき、まだ私は花に見とれていたのでした。

退屈していたおかげで経験した大切な瞬間でした。暇を持て余していたことで、魔法の瞬間をとらえる鋭い洞察力が生まれたのです。

思い出

その空地には雑草がぼうぼうと
少女の背より高くのびていた
でも、その真ん中に
真っ赤に輝く一本の花

小さなこどもは毎日来て
この景色に見入っていた
いままでに見たどんな眺めより
この花がいちばん素敵

花は根づき花つけ
こどもの頭で育ち
枯れたあともずっとずっと
素敵な思いに誘っていった

（アリス・テイラー著、高橋豊子訳『アイルランド田舎物語』新宿書房）

心の中のひなげしの花が、色あせることはないでしょう。

1　著者の家族は、毎年夏休みの数週間をアイルランド西部の海辺の町バリーブニュンで過ごしていた。

2　周りがバンパーで覆われた車で、他の車とぶつけ合って遊ぶ。

3　ロザリオの祈りは、数珠を繰りながら祈り、イエス・キリストの生涯の主なできごとを黙想していく。著者には、母が繰っている珠の位置から、イエスの生涯における、どのできごとについて黙想しているのかわかった。

4　「アヴェ、マリア、恵みに満ちた方、主はあなたとともにおられます。あなたは女のうちで祝福され、ご胎内の御子イエスも祝福されています。神の母聖マリア、私たち罪びとのために、今も、死を迎える時も、お祈りください。アーメン。」（ガエタノ・コンプリ著『はじめて教会へいらしたあなたに――カトリック教会の案内』ドン・ボスコ社）という言葉。

谷間の土地

それでは、耕した後の畑の話から始めましょう。大地は、真っ黒なキャンバスのように自分の上に絵が描かれるのを待っています。私は、耕された畑を目にするたびに、自然という奇跡に驚かずにはいられません。農業を行う方法は、昔とは大きく変わってしまいました。けれども、私たちはいまも畑を耕します。そして、その後は神や自然、あるいは自分が信じている存在にゆだねるのです。アイルランドでは、今も冬に畑を鋤き返します。茶色い土を掘り起こし、冬の厳しい雨風で固くなった大地を崩して柔らかくします。そうやって、春にまく種を大地が優しく受け入れることができるようにするのです。奇跡を起こすための準備をする、というわけです。

私は、耕した後の畑を見るのが大好きですが、それは子どもの頃、母に使いに出されたことに始まります。ほうろうの水差しに温かいお茶を入れ、その上にお手製の黒パンの厚いスライスを何枚か乗せ、それを抱えて、畑で精を出す父に持って行ったのです。母の考えはこ

うでした。外の畑で働く人たちには、栄養のあるものをたっぷり食べさせなくてはならない。私たちに生活の糧を与えてくれる大地の手入れをしているのだから。

畑へ続く小道に沿って溝が走っていて、その上に、茶色くなったシダがかぶさるようにしなだれていました。風や霜に逆らって大地にしがみついているのに疲れた様子です。しおれたシダの間から、沈みかけた太陽の弱々しい光が差し、シダを美しいブロンズ像のように染めていました。

冬の間、自然はひっそりと休んでいて、物思いに沈んだような静かな世界に、私はぽつんと存在していました。両側の苔むした深い溝が、修道院の回廊のように思えます。いろいろなことに思いを巡らせつつ、ぶらぶらと歩いていきました。真っ黒なカラスの大群がねぐらを目指して空を横切っていきます。わが家の下手にある干し草置き場に大きな木がいくつかあって、その上で夜を過ごすのです。石ころだらけの小道は上り坂になって、うちの畑ハイ・フィールドに続いています。水差しの中のお茶が揺れ、上に置いたパンに飛び散らないよう、私は足元に気をつけて歩いていきました。ようやく谷間に到着して立ち止まると、西に広がる畑に目をやりました。あの頃は畑を耕すのに馬が使われていた時代で、何事をするにも時間がかかったものでした。そのとき、沈みゆく太陽の弱い光に照らされて、馬と鋤と農夫のシルエットが地平線に浮かび上がりました。動物と人間と道具が完全に調和している、神聖な瞬間でした。この光景を見た私は、三位一体が作り出す尊さに気づいたのです。

大地

ああ　耕された褐色の大地
いにしえの技が
おまえを掘り起こす

何世代もの農夫たちに
受け継がれてきた技
おまえを守る木々の下
おまえは丘の斜面を覆う
褐色のベルベットのマントのように

おまえの柔らかさは
真っさらな本のよう
耕されたおまえは
穢れのない姿で待っている

人間の手で受胎させられるのを
自然の暖かさで育まれるのを

妖精の井戸

　その井戸を、妖精の井戸と呼んでいました。深みからふつふつと湧き出る水は、私たちが知らない、とうに忘れ去られた大昔の神秘を秘めていました。井戸は、古い砦が残る丘のふもとにあり、水源の上には石造りのアーチが立っていました。私たちにとって砦は、暖炉脇の肘掛け椅子に機嫌よくおさまっているおばあちゃんと同じくらい、当たり前の存在でした。子どもは、古い砦のいわれを知りませんでしたが、大人たちが話すのを耳にしていました。大昔、徒党が対立していて、見張り場が必要で建てたとのことでした。けれども私たちにとって、砦はおとぎの国であり、妖精の井戸は、深い底に沈む未知の神秘へと導いてくれる魔法の入り口だったのです。

　その井戸は、清らかにきらめく水でバケツを満たしてくれました。水は大地の内側から絶え間なく湧き出てきます。でも子どもたちにとっては、水源から出る水の流れで何時間でも空想ごっこをする遊び場なのでした。井戸の水の出口には苔むした大きな石があり、水はそ

の周りをぐるりと曲がって流れていました。石に膝をつき、頭の上に張り出している枝をしっかり握って、やわらかな苔で覆われたアーチの下へ頭を入れ、揺らめく水をのぞくと、茶色い深みに顔が映ります。石の表面は平らなので、むき出しの膝小僧が痛くなることはありません。腰を下ろして井戸から流れ出る水に足を入れてパチャパチャしていても、幼いお尻が痛くなることもありませんでした。晴れた日は温まった石が心地良かったものですが、寒ければ坐りたい気分にはなれません。水源そのものに足を突っ込んでみようなどと思う人は誰もいませんでした。というのも、神聖で清らかなこの湧き水は、そのまま飲んだり、うちでは高級な飲み物だったお茶をいれたりするために使う水だったからです。きらめく湧き水を汲むのに使って良いものは、一点の汚れもない白いほうろうのバケツか、ピカピカのブリキのガロン缶だけでした。牛や馬たちでさえ、よだれにまみれたあごを入れてこの太古の水源を汚してはいけない、そうわきまえていたほどです。でもたぶん、家畜が井戸を汚さなかった理由は、水源の外にきれいな水が十分に流れ出ていたからですけれど。

この井戸の不思議なところは、決して枯れることがないという点でした。絶えることなく水を与えてくれたのです。つまり、大地は私たちに、常に善意を示してくれていたのです。深みにバケツを押し付けると、水ははじめは嫌がって抵抗しますが、すぐにバケツをごくりと呑み込んで、いっぱいに満たしてくれます。すると、すぐさま減った分の水が大地の内部からゴボゴボと湧き上がってくるのです。まさに、潤沢の泉でした。まるで魔法のように、水を汲めば汲むほど、どんどん湧き出てくるのです。あの井戸を思い返してみて思うのですが、人間の創造力もこの古い井戸のようなものでしょうか。つまり、創造力とは、刺激すればするほど出てくるものなのではないでしょうか。

妖精の井戸のある砦の広場には、盛り上がった小山が連なっていました。父は、農地を開拓することで昔からの環境を壊してしまわないようにと考えて、若い頃、そこに木を植えていました。おかげで広場には木々が生い茂り、雨風をしのぐことができるようになっていて、長年の間に積もった落ち葉や折れた枝が絨毯のように地面を覆っていました。野生の動物たちにとっては天国で、早朝には小鳥たちの生き生きとしたコーラスで満たされます。春になると柔らかな茶色いカーペットの上にブルーベル*が芽を出し、真っ青な海のように一面を染めました。夏になれば、周りを囲むように野生のスイカズラが咲き乱れ、秋には、実をたわわに付けたクロイチゴが、摘んで欲しいとせがんでいました。そして冬が来て、雪が毛布のように一面を覆うと白い静寂が訪れ、辺りは神秘の世界に変わるのでした。

水を汲みに

深い茶色い井戸の
清らかな水で満ちたバケツを

彼女は持ち上げる。

外側の平らな石の上に
バケツを置かないうちに
井戸はまた満たされる
水は大地の内部から
ゴボゴボ湧き上がってくる
汲み出せば新しくなるのは
彼女の中の
創造力の泉と似ている。

＊ 青い釣鐘形の花をつける植物の総称。

フォート・フィールド

ふつう農地とは、交互に牧草地にしたり耕作地にしたりするものですが、フォート・フィールドは、常に牛や馬が草を食む牧草地でした。この傾斜した細長い土地は丘の南側にあり、川が流れる谷へとゆるやかに傾斜して下りていました。そして、この牧場では様々な嬉しいことや楽しいことが繰り広げられてきたのです。

その中を深い川が流れていました。ずっと上にある峡谷から流れてきていて、夏の間、わが家の牛たちに飲み水を与えてくれました。早朝の乳搾りが済むと、牛たちは川の周りのあちこちにパッチワークのように広がります。ショートホーン、ホルスタイン、グローニンゲン、ボーニー（すべて家畜牛の品種の通称）。夕方遅くなるとまた集まって来て、色とりどりの群れとなって、食べた物を満足そうに反芻しながら、乳搾りの順番を待っているのでした。

フォート・フィールドは、馬たちのなわばりになることもありました。一日の仕事を終え、牧場に放たれた馬は、締め付けられていた引き具から解放された嬉しさで、お尻を宙に跳ね

上げて牧場を駆け回ります。さらさら流れる冷ややかな小川にほてった鼻先を沈め、それから牧場のなだらかな斜面で転がって、自由になった喜びを体で表現するのでした。

秋になると、フォート・フィールドのあちらこちらに、真っ白な丸いきのこが点々と生え、溝に沿って立ち並ぶ木々にはハシバミの実がたわわに実ります。

木の幹に背をもたせて坐ると、下に広がる牧場全体が見渡せました。家畜のまったくいない牧場もあれば、たくさんの家畜が草を食んでいる牧場もあります。下の谷間を流れる川が、溝と溝の間をくねくねと曲がって流れ、小さな石橋の下をくぐってその先の森の中へ消えていくのが見えます。川の向こうに広がる牧場の奥は紫色にかすんでいて、遠くの動物たちは小さな点に見えました。牧場の先は折り重なる丘の間に消え、丘はだんだんと高くなってケリーの山々につながっていくのでした。

起伏に富んだフォート・フィールドでやわらかな草の上に大の字に横たわり、空を見上げて雲を眺めていると、鳥が編隊を組んで飛んでいて、その様子に目をみはったものです。鳥は隊列を乱すことなく、ぴったりと調和した状態で飛んでいくのでした。

大地近く

静かな場所へいらっしゃい

とても静かで
草ののびる
音がする

やわらかい草に横たわり
花びらの
やわらかさに
指をはわせ
耳をすましてごらんなさい
大地に耳をすましてごらんなさい

暖かい大地
わたしたちみんなの
いのちの脈動

その暖かさに
からだを休め

感じてごらん、その偉大さを
脈動と鼓動
世界の
礎たるものを

空を見上げてごらんなさい
すべてをつつむ大空を
天にかかる衣笠を

なんと小さな
わたしたち
偉大なもののちりぼこり
でもやっぱりその一部

わたしたちは大地から生まれ出て
自分の
場所を見つけるもの

（高橋豊子訳『アイルランド田舎物語』新宿書房）

神聖な大地

五月一日には不思議な力があります。みんな外へおどり出て、朝露で顔を濡らしたい気分になるのです。アイルランドの田舎では、五月になってようやく、冬の扉をけとばして閉めることができ、あちこちで花が咲き始めます。大地の恵みが現れ始めるのです。大地を祝福し、神が与えてくださる贈り物に感謝するときです。私たち人間は大地をどのように扱うべきなのか、お示しくださるよう神に祈るのです。

私はその日、聖水を手に庭へ出て、庭全体に振りかけて祝福します。私が作ったほんのちっぽけな庭ですが、手入れはすべて私に任されています。だから、ことのほか念入りに世話をしなくてはならないし、それができるように神の御加護を祈るのです。この日はまた、芝生に体を横たえて空を見上げ、自然と一体になってみると気持ちの良いものです。

祈願節《ロゲイションー》とはそういう季節のことです。私は「ロゲイション」という言葉の響きが大好きです。石の間を流れる水のように、舌先から転がり出てくるからです。語源は、「頼む」を意味するラテン語の動詞「ロガーレ」です。だから、この日は祈願をするというわけです。はじめは異教徒が、神々に収穫を祈願していたのですが、のちにその行為がキリスト教に入ってきました。キリスト教会では、この行為の起源は五世紀にさかのぼり、フランスからアイルランドにもたらされました。ひょっとすると、我が国のドルイド[2]がすでに行っていたという可能性も、もちろんあります。つまるところ、土地を愛する気持ちから行う行為であり、神に自分の土地を祝福してもらいたいと、とりなしを祈る行為なのです。

　祈願節が昇天祭[3]の直前にあたることには大きな意味があります。昇天祭は毎年四月末、夏の兆しが見え始めた頃に行います。この時期には、あらゆるものが成長し、生き生きと輝き始めます。農夫にとっては、生活の頼みとしている作物が成長する時期です。だから、大昔から大地を祝福し、植え付けたものを見守ってくださるよう、神に祈ったのです。私の実家でも祈願節のお祝いを行っていました。だから今でも私は、五月祭[4]には庭に聖水を撒くことにしています。

　祈願節に大地を祝福する儀式は、この世とあの世との間を取り持つ行為です。御身をかがめわが家の土地に恵みを授けてくださるよう、神にお願いするのです。その瞬間に雲がぱかっと開いて神の御手が伸びてきたとしても、子どもの頃の私なら、ちっとも驚かなかったでしょう。この儀式は神秘的で魔法のようで、それでいてまったく自然な行為だったのですから。

Paddy
IRISH WHISKEY
PADDY
Triple Distilled
IRISH WHISKEY

祈願節の日曜の朝、ミサから帰るとき、母はウィスキーの大瓶にたっぷりと入った聖水を抱えていました。自宅まで荷馬車で揺られている間、聖水は母の膝の上でゴボゴボ音をたてています。家に着くと、母は客間のテーブルの上に瓶を置きました。聖水は、出撃の合図を待つ兵士のようにじっとたたずんでいました。腹ペコの家族に食事をさせ、雑用をすべて済ませると、母は父と一緒に外へ出て、わが家の土地に聖水を振りかけたものです。

わが家の裏には畑が広がっていて、うちの食料のほとんどはそこで育っていました。ジャガイモ、キャベツ、カブ、ルバーブ、[5]母はその他にもいろいろな野菜を栽培していました。ご近所から苗をもらってきたり、いろいろな種のパックを買ってきたりして試していて、それが全部うまく育つと思っていたのです。実際、野菜のほとんどがよく育っていました。

母はその畑を皮切りに、みんなの先に立ってひとつひとつ畑や牧場を回り、私たちは母の後についていきました。何ごとも急がないたちの母は、あらゆることに十分な時間をかけるべきと考えていて、特にこの行為は、ことのほか大切なものと考えていたので、時間をかけてゆっくり行いました。だから私たちには、自分のお気に入りの場所を探検する時間が十分にありました。みんなで畑や牧場を移動していき、小麦や大麦、オート麦の苗が褐色の大地を緑色に染めているブレイク・フィールドに来ると、とりわけたっぷりと聖水を振りまきました。というのも、この畑で育つ小麦は、後でひいて小麦粉にして、うちで食べるパンを焼くからでした。大麦やオート麦は、穀粒になって水車場から戻ってきて家畜の餌になりました。

　私たちは、ウェル・フィールド、ケアリーズ・フィールド、キルン・フィールド、馬の広場、石の広場と進んでいきました。この土地はすべて、家畜に草を与えてくれる牧場です。それから、起伏に富んだフォート・フィールドに立つ、大昔の砦跡の横を下っていきました。父が木々を植えていた場所でした。

　すると、川沿いの牧草地に下りていくことになります。はじめの牧草地はスモール・メドウと呼んでいて、奥の方の丘のふもとに続くあたりには、木々に囲まれた一角がありました。そこを走る溝にはスイカズラがはびこっていて、干し草づくりの時期には花が満開になり、かぐわしいスイカズラの香りがしたものです。五感のうち、いちばん記憶を刺激するのは嗅覚ではないでしょうか。今でも私は、その年初めての野生のスイカズラの香りが漂ってくると、ハッとして動きを止めてしまいます。目を閉じると、私はあの小さな牧草地にいるのです。それから、両親と私たちは、川に沿ってビッグ・メドウ、ミドル・メドウ、ライン・フィールドと進んでいきました。その先には、指のように長い土地「川の指」が横たわっています。

　その頃になると、母のお供をしていたきょうだいのうち何人かが、いなくなっていました。何かに気をとられ、あちこちに散らばってしまうのです。けれども父を含めて何人かは、まだ母の後についていきました。父は聖水をまくことに、母ほどには情熱を注いでいませんでした。祈りを捧げることにもそれほど熱心ではありませんでしたが、大地が神聖なものとつながっていると固く信じていました。父にとって、神は牧場に存在しているのでした。しんとした穏やかな牧場に出ていると、父の心は安らいだのです。両親は、暮らしのいろいろな面について正反対の考えを持っていました。でも聖水を撒いたあの日、ふたりの考えは完全に一致していました。私たちの生活は畑と牧場が頼みの綱であり、恵みを与えてくれる大地に感謝したいと考えていたのです。ふたりとも、大地を大切にしなくてはならないという気持ちが強く、父はよく私たちに言い聞かせていました。「自然の扱い方を間違えば、あとで代償を払うことになるぞ」。父がたしなめるこの言葉は、私の心の中で響き続けることでしょう。

数カ月後のある夕べ、脱穀の大仕事を終えると、うちの穀物はすべて牛小屋の屋根裏に置かれます。両親はふたりで、その年の労働の成果である大地の恵みを確認していました。黄金の小麦や大麦、オート麦が詰められた麻袋が、穀物置き場の床一面に積み重なって並んでいるのを、牛小屋の入り口に黙って立って眺めていたのです。収穫を喜び、感謝を捧げていたのでした。

牧場を歩く

家に帰ると
牧場を歩く
静かな牧場
そこは暖かい露が
幼いわたしの足指の
あいだでピシャピシャいったところ

腰を下ろすのは
樫とトネリコの涼しい木陰
その木は青春の夢を
包んだ木々

二本の木は
葉におおわれた腕を
のばし

恋人みたいに立っている
激しい愛とちがう
満ち足りた
やさしい吐息を交わしながら

目をやれば、雌牛たちは
のんびり川辺で
草を食み
川はくねくね
ハリエニシダの島をぬって
かなたの森へ流れていく

聖なるこの地
そこは人の働いてきた場所
神の大地近く
静かな天の空の下で

（高橋豊子訳『アイルランド田舎物語』新宿書房）

1　カトリックの祝祭日で大地の実りを主に祈る日。

2　古代ケルト民族の祭司であり、賢者。宗教をつかさどり魔術を行ったほか、裁判や病気の治療などにもあたった。

3　キリストの昇天を記念して行う祭り。復活祭（春分後最初の満月直後の日曜に行う祭事）のあと四〇日目の木曜日に行う。昇天祭の前の三日間が祈願節。

4　五月一日に行う春の祭り。いろいろな遊戯や競技を催して祝う。

5　タデ科カラダイオウ属の多年草の総称。酸味と芳香のある葉柄を、ソースやジャムにする。

第三部　庭の特別なひととき

庭は、そのかぐわしい腕で私を包み込み、離してくれません。

庭とダンスを踊る

美しいマツユキソウを目にして、私はハッと足を止めました。これほどにも純粋で繊細な白い花が、固く冷たい大地を突き破り、完璧な姿のまま、か弱い頭をもたげたのです。どうやったらそんなことができるのでしょう。優雅に垂れ下がる、鈴型の頭には一点の傷もありません。自然が起こす奇跡です。今年初めて目にした、うちの庭に春を告げるしるしでした。すでに芽吹いていたのを見過ごしていたのです。

それまで一週間ほど天気の悪い日が続き、ひどく寒かったり激しい雨が降ったりして、庭仕事をする気になりませんでした。でも、その日は違いました。あさ目を覚ますと、何か違うという気配を感じたのです。空気の中に暖かさが漂っていたからでした。外のコンポスト容器に空ける生ごみをバケツに入れ、裏口から出ると、今日はいつもと違うと確信しました。

コンポスト容器へ向かう途中でマツユキソウを目にして、思わず立ち止まったのでした。ひと株咲いているということは、他にもマツユキソウがあるかもしれません。春の使者を見

つけようと、私はバケツを置いて探し始めました。すると、あちらこちらに隠れているではありませんか。生い茂る低木の下で、恥ずかしげにじっとしていたり、もっと高い木々やバラの株の根もとに生えていたり、砂利を敷いた小さな坂道にも咲いています。それに、地面に置いてあるどっしりした二本の丸太の間で株がいくつか小さくまとまって、なんとかして外へ広がっていこうともがいているのも見つけました。丸太を動かすと、マツユキソウの安堵のため息が聞こえたような気がしました。

マツユキソウの周りでは、クリスマスローズがちょうど咲き始めていました。この花も、ひっそりと咲くレディーです。柔らかな丸い花が、つばの広い緑の帽子みたいな葉の下に隠れているのです。クリスマスローズの花をすべて見てみようと、私は庭の小道をあちこち動き回りました。というのも、あらぬ角度から見ようとすると、レディーたちは完全に隠れてしまうからです。そこで、剪定ばさみを持ち出してきて、花の上の大きな緑の帽子をいくつか切り落としました。これで美しい顔に光が当たるので、輝きを保ちながら成長できるでしょう。

その間ずっと、たくましい沈丁花がゴージャスな香りのヴェールを庭じゅうに広げていました。庭は、そのかぐわしい腕で私を包み込み、離してくれません。今年初めてのダンスを踊りませんか、そう誘いかけてきます。私は、でしたらランチをご一緒に、と約束しました。まだ一月半ばでしたから、外で食事をするには少々早かったのですが、その日は天の贈物のように、素晴らしいお天気でした。だから私も、喜んで申し出を受けたのでした。私は、ジャッキーおじさん*が植えたりんごの木の下にあるベンチにトレイを置いて腰かけました。食事をする間、小鳥たちが野外コンサートを行っていました。生きているって、本当に素敵です。

* 著者の夫の養父。故人。著者が手入れをしている庭は、この人から受け継いだ。

赤と黄

裏口のドアを開け、思わず嬉しい悲鳴をあげてしまいました。裏庭にいくつもある植木鉢やプランターの中で、ゴージャスな赤いチューリップとバターのように黄色いラッパスイセンが輝いていたのです。みなぎる花の活力が私の体にも伝わってきて胸が躍ります。私は二、三日留守にしていました。それが、どうでしょう。いない間にすべてが起こっていたのです。自然の営みです。太陽が輝き、その暖かさでエレガントなチューリップと黄金のラッパスイセンが花を咲かせたのです。

チューリップが咲くにはまだ早い時期でしたが、自然の力でその気にさせられて、こんなに早く花を開いたのでしょう。ラッパスイセンと一緒に光り輝くようにと、太陽がチューリップを説き伏せたのです。花々を見ていると、心がほんわかとして安らいできます。顔がほころび、感動で背筋がぞくぞくするほどでした。チューリップって、本当に美しい花です。エレガントで活気にあふれていて、まるでおしゃれなレディーが、豪華な舞踏会用にドレス

アップしているようです。私は小躍りして裏庭の傾斜を上っていき、門から出ました。すると、赤と黄色の波がここまで広がっています。チューリップとラッパスイセンは外のクリスマスローズの間を押しのけるように進み、優雅な緑色のカエデの若葉の下で輝いているのです。いちいち立ち止まっては、「わあ」とか「ああ」とか声を上げ、軽快な足取りで小道を進んでいきました。嬉しい驚きが次々に現れてきます。庭やその周りで輝く色彩が心の中に入り込んできて、心が温かくなりました。花は元気を与えてくれるのでした。

美しいレディーたちは、昨年の十月に、地元の西コーク球根センターから買ってきた袋入りの球根が成長したものです。センターはうちのすぐ近くにあり、素敵なものの宝庫みたいなこのセンターを経営するブライアンが、球根をひと袋運んできて、わが家の玄関の中にどさりと下ろしてくれ、それを私が植えたというわけです。チューリップの栽培に、こんなに夢中になったのは初めてです。大きくてしっかりと固い球根には、未来の希望がいっぱい詰まっていました。そして、期待どおり素晴らしいものをもたらしてくれたではありませんか。本当に嬉しい。その翌日、美しい花々を存分に堪能しようと、私は庭で花に囲まれて朝食と昼食をとりました。三月末にしては、素晴らしく良いお天気で、暖かな太陽の光が降り注いでいました。私は小鳥の歌声を聞きながらゆったりとした時間を過ごし、庭の見事な眺めを満喫したのでした。

黒いお宝

　春が来ると、バラの株を元気づけなくてはならないし、うちのコンポスト容器の中身も充実させたくなります。すると私は、コナーに電話をします。村はずれに大きな厩舎を持つコナーに、馬の肥やしの状態を尋ねるためです。欲しいのは、じゅうぶんに発酵した古いものです。出たばかりでほかほかのものはいけません。バラの根を枯らしてしまうからです。私は、どういうわけか「糞《ふん》」という言葉を使わず、代わりに「肥やし」と言ってしまいます。でも、幼い頃を過ごしたうちの農場では「糞」という言葉を使っていたのです。あの頃は、みんなが日常的にそう呼んでいたのでした。

　冬のあいだ馬小屋や牛小屋の前に積みあがっていくものを、どう呼んだらいいでしょう。冬の数カ月間は、家畜を寒い牧場から連れてきて、わらの寝床のある家畜小屋に入れます。すると、糞がどんどんたまっていくのです。小屋に入れると、家畜を暖かく心地の良い状態にしてやることができます。乾いた清潔な状態を保つために、小屋の床にたまったものを毎

日掃いて外へ出します。そんな訳で冬のあいだ、農場中の家畜小屋の戸のすぐ外に、大きな糞の丘ができあがるのです。そう、うちでは「糞の丘」と呼んでいました。毎年春になると、馬につないだ台車に糞の丘を乗せて引いていきます。穀物がよく育つように、畑にまくのです。あの頃、「糞」は農場生活に欠かせない用語でした。けれども、農業のやり方が変わってしまったことで、牛の糞は「糞尿スラリー（牛の糞尿を液状に処理した肥料）」になり、家畜が出した物をそのまま使うのは、馬の物だけになりました。そんな風に肥料が移り変わっていく中で、「糞」も「肥やし」に変わってしまったのでした。いつ、どのように、どういう理由で変わってしまったのかは、よくわかりません。

「糞」という言葉は少々粗野で生々しいけれど、「肥やし」なら品のある言葉だから無難だという理由でしょうか。それとも、「糞」は私たちの繊細な感受性を傷つけるというのでしょうか。農地に撒かれるのは袋入りの人工肥料になってしまい、それが上品なやり方だとみなされるようになったことと、何か関係があるのでしょうか。確かに、人工肥料の方が臭いはきつくないですけれどね。数年前にエルサレムを訪れ、あるものを見て驚いてしまいました。町に残る城門のひとつが、なんと「糞の門」と呼ばれているのです。みんな、それが当たり前という顔をしています。エルサレムでは受け入れられている言葉が、どうしてアイルランドでは敬遠されるのでしょう。

呼び名はまあともかく、毎年コナーの馬小屋へ出かけていって真っ黒な糞の山を目にすると、私は嬉しくてたまらなくなります。小屋の前に積まれたばかりの小山の上に乗り、その後ろにある、押しつぶされてよく発酵した、真っ黒な古いものを目指します。そう、奥にこそ、掘り出し物が眠っているからです。その上にゆっくりと鋤を刺し下ろしていくと、こってりした漆黒のフルーツケーキのような層が、ぱっくりと口を開きます。丸々としたウジ虫が、楽しげに層の中を動いていきます。ガーデニング好きなら、心から楽しめる光景です。もちろん私も、大きな喜びを感じる瞬間です。金塊を発見した探鉱者の気持ちがよくわかるのは、こんなときです。馬小屋の前にできた真っ黒な糞の丘のてっぺんで、私は躍りあがって喜んだのでした。

厩舎に勤めるイギリス人のテッドはどんな馬も上手に扱うことのできる人物ですが、糞の丘を見た私の反応が実に傑作だというのです。そのテッドが、シャベルで糞を袋に入れるのを手伝ってくれ、私と一緒に糞をわが家まで運んで、うちのコンポストと混ぜ合わせてくれました。私は、コンポストの大きな塊を、少し離れて満足して眺めました。ウジ虫でいっぱいのコンポストは、明るい未来を約束してくれます。そんなことがあった晩、私の娘がテッドに出会うと、彼が楽しげにこう言ったそうです。

「馬のクソであれほど大喜びする人間は、あんたの母さんだけだ」

ええ、呼び方なんて、どうでもいいのです。私にとっては黒いお宝なのですから。

青い輝き

昨日、うちの庭のいちばん高いところにある木立は、オアシスのように緑色でした。それが今朝は、青色であふれています。ブルーベルが咲き始めていて、波打つ緑の葉の間で流れるように連なって、木立に狂おしいほどの香りを漂わせています。砂利を敷き詰めた溝の中にまで入って来ていて、そこを通って下の庭へと続き、堂々と咲き誇るチューリップを小生意気にも押し分けるように咲いているのでした。いま庭は、ブルーベルの天下です。王者の風格を備え見下ろすように立っているチューリップとは違い、ブルーベルは外からやって来たよそ者ではありません。また、柔らかな淡いブルーの優雅な宮廷のレディーたちでもないのです。厚かましい青色のストリートチルドレンであり、土を耕す日に焼けた農民であり、そしてまた、大地の内部から躍り出た、荒々しい女性なのです。古くからこの土地にいる手ごわい先住民です。仲間と結束した海千山千のしたたか者なのです。毎年、前触れなく庭にやって来て、年々勢力範囲を外へ広げていきます。なわばりを広げたがっているのです。私たちは、常にゲリラ戦に備えていなくてはなりません。思いもよらない片隅の、芽を出してほしくない場所から、ひょいと芽を出すからです。阻止しようとしても、別の低木や木の陰から挑発するように出てきます。まさに、庭の中のゲリラ戦士です。絶対に退かないと決めている、不屈の精神の持ち主です。自然の法則からいえば、森や野原に自生するものですが、そんな法則はまったく無視しています。ブルーベルは、私がこの家に来る前からここにいたのであって、私がいなくなっても残り続けるでしょう。ブルーベルにとっては、私がよそ者なのです。私がいなくなったらここを占拠して、庭中を真っ青に染めてしまうでしょう。そう、最後に勝つのは彼らなのです。

私が子どもの頃を過ごした実家のすぐ近くに、大昔の砦跡があります。周りは昔から起伏に富んだ土地になっていて、その木陰になった一面をブルーベルが青い波で覆いつくしていました。そこは彼らの青い王国でしたから、国境を広げようとはびこっていくのを妨げる者はありませんでした。私たちきょうだいは、ブルーベルが咲く丘の上を走り回ったり、転げまわったりしていました。また、ブルーベルをたくさん摘んで、ジャムの空き瓶という空き瓶に差し、薫り高い青い輝きで家の中を満たしたものです。そんなことが心に残っています。

毎年ブルーベルは、塀に囲まれた私の庭にまずやって来て、その後何週間かすると、近くにあるドロームキーンの森を真っ青な波で覆いつくしてしまいます。森の斜面に咲き乱れ、私たちの五感を喜びで満たしてくれるのです。

私たちは花を摘み、香りをかいで楽しみます。一面に咲くブルーベルは、実に見事なものです。

切り花

みずみずしい花々を
束にしてください
でも、長持ちしなかったら？
先のことは考えない
いちばん大切なのは今だから

思いがけないときに、切ったばかりの花々をもらうほど、嬉しいことがあるでしょうか。心が温かくなりますよね。誕生日や母の日にもらうような、セロファンに包まれた花束ではなく（それも嬉しいですが）、まったく思いも寄らないときにもらう花束がいいのです。まばゆい色彩の花束が玄関からさっそうと入って来ると、一日がぱっと明るくなります。あなたは喜んで受け取ります。もし、誰かの庭の花を摘んだものなら、あなたは二倍の贈り物を

もらうことになります。なぜなら、ただ花を受け取っただけではないからです。それを育てた人の熱意と苦労と愛情、そして時間をも受け取っているのです。摘まれたばかりで、まだ土の匂いや太陽の暖かさをまとっている花束は、送り主の庭の魂をあなたに感じさせてくれます。

さて、生き生きとした美しい花々の輝きを保つためには、急いで食べ物を与えてやらなくてはなりません。だから、すぐさまバケツの水に差します。花がバケツの水をごくごく飲んでいる間、あなたは寛大な贈り主をもてなすことができます。そんな素敵な贈り物を持ってきてくれる人は、温かく迎えなくてはなりません。歓待するのにいちばんの方法は、お茶をふるまい一緒におしゃべりすることです。

お客様が帰ったら、ゆっくりと花を観賞し、美しい花々が受けるにふさわしい扱いをしてやりましょう。良い香りを思い切り吸い込み、触った感触を味わい、活きの良さを確認するのです。こうすると花を五感で感じることができ、気分が高まります。次に、飾る場所を決めなくてはなりません。さて、どこに置いたらいいでしょう。涼しい部屋がいいかな、でもやっぱり玄関の方がもっと涼しいからいいかも、などと考えます。けれどもそんな場所では、ずっと眺めていることはできません。花が持つ「殺風景な雰囲気に美をもたらす」という効果を無駄にすることになります。台所のテーブルの上に置いたら、絶え間のない喜びをもたらしてくれそうです。玄関に置くほど長持ちはしませんが、持ちこたえている間は幸せな時間を提供してくれるでしょう。朝起きて台所に入れば、花が夜のうちに良い香りで辺りを満たしていますし、花を見るだけで、良い気分で一日を始めることができます。それに花は、私たちの脳から幸せホルモンが出るよう、一日中刺激してくれそうです。だから、台所のテーブルの上に決めました。

次は花瓶です。フラワーショップからやって来る、茎が長い上品なレディーの花々は、エレガントな美脚がより美しく見えるよう、クリスタルの切子グラスの花瓶に入りたがります。でもね、感性を刺激してくれる、庭の自然な花々には、水差しがよく似合うのです。花にも水差しにも、気取ったところがないからです。丈夫な陶の水差しと庭の花は、本当に相性ぴったりです。台所の食器棚の奥をごそごそ物色してみると、古くても状態の良い、大きな広口の水差しが出てきました。どんなときも、その場を優美に飾ってくれそうです。長年使い込んでいるため、色が変わって落ち着いた色合いになっています。自分の内に抱える、色とりどりの花々より目立とうとするつもりもありません。花々は水差しに入ると、はじめのうち広々とした口の中でもぞもぞしていましたが、しだいに寛いだ姿勢になり、縁にもたれて脇から下へ垂れ下がって、周りの様子をうかがっています。これで、何日ものあいだ目を楽しませてくれるでしょう。

とはいえ、ガーデニング好きな友人が、庭の花を手に、あなたを訪ねて来てくれなくても大丈夫。自分の庭の花を摘んでくればいいのです。ええつまり、庭に花があれば、の話ですが。もし庭に花がないとしたら、あなたは人生の楽しみのひとつを逃していることになります。ガーデニング好きな女性はみんなそういう楽しみを知っていて、彼女たちによれば庭の花を切るのにいちばんいい時間は朝だといいます。（彼女たちの知識を甘くみてはいけません）。これほど楽しい、一日の始まりがあるでしょうか。朝早く庭の中を歩いていると気分が高まってきます。こちらで美しく咲く花々を眺め、あちらで咲き乱れる花へとぶらぶらして、どの花とどの花がお似合いの相手同士なのか見定めるのです。そう、素晴らしい作品を完成させるため、色合わせをするのです。選んだ色がうまく混ぜ合わされば、見事な絵が完成します。

他の花と一緒にいることを嫌がる花もいて、まるで人間みたいに、態度に表します。例えば、スイートピーがそうです。香り高くか弱いこのレディーは、「ひとりがいいの」というタイプです。他の花と一緒に花瓶に差そうものなら、美しい姿がすぐに色あせてしまうのですから。自分だけの空間を欲しがるのです。その方がいいでしょう。スイートピーは、庭で繊細な美しさを誇るだけでなく、辺りの空気を豪華な香りで満たしてくれます。美しさと香りを、室内にももたらしてくれるのです。そんな芸達者な花ですから、気まぐれをかなえてあげようではありませんか。

とげとげのバラは、誰とでも喜んで一緒に花瓶に入ります。けれども、常に自分が主役でなければ気が済まない、ちょっと面倒な性格です。傲慢な彼女は後ろをいやがります。真ん

中でなければならないのです。アジサイは締まりなく広がっていく太ったご婦人で、どこへでもしゃしゃり出ていくので、好きな人と嫌いな人がいるでしょうね。でも、もったいぶったり気取ったりしない性格です。だから、庭で咲いているときがいちばんきれいに見えるかもしれません。周りの草花の上にあふれんばかりに覆いかぶさって、それで満足しているのですから。花を活ける達人でない限り、チューリップは屋外の自分の領土に君臨させておくのがいいでしょう。小さなかわいらしいマツユキソウは内気で繊細です。手で触れるだけでも、罪のない自分たちが皆殺しにされる、そう思うのです。

ラッパスイセンは、あらゆる場で活躍する少女です。凍った地面を突き破って真鍮のように明るく黄色い頭をもたげ、「今こそ冬の花壇から起き出して、春の準備に取り掛かるのよ」、そう叫びます。冬の間のもやもやした頭の状態をシャキッとさせるのに、ちょうどよい刺激を与えてくれるでしょう。この少女はどこにでも芽を出します。植木鉢や窓枠に置いたプランター、木の下でも、道端の溝の脇でも。庭がなくても、あなたのお好みの場所で喜んで咲いてくれるのです。彼女のいない生活は退屈です。切り花にしてもいいと思います。台所のテーブルの真ん中に置くのにうってつけです。明るく輝いて、冬のあいだ憂鬱になってしまった気分を盛り返すのを応援してくれますから。ラッパスイセンを家に飾ってみてください。訪れる人がみな、笑顔になりますよ。花瓶だろうと、広口の瓶だろうと、水差しだろうと、どんな花器に活けても素敵です。彼女だけでも、緑の葉と一緒でも良いでしょう。どことなく女王の風格のあるチューリップでさえ、彼女となら、寄り添うことを喜ぶでしょう。なにしろ、ラッパスイセンは、今を生きる喜びに輝いているのですから。

スイートピー

夏の朝
雨に濡れ
薄桃色の頬に
涙がきらめく
繊細なスイートピーの花。
その巻毛を
脇へそっとよけて
か弱い茎を
慎重に切る。

台所のテーブルの上
スイートピーは

古い水差しの中で落ち着いて
広口に優雅にもたれ
豊かないろどりをあふれさせ
台所じゅうを
この上ない芳香で満たしていく。

待ち遠しくて……

ビショップ[1]の開花が遅れています。でも、驚きはしません。なかなか咲かないのは、いつものことだからです。他の花々が全部開くのを待って、ようやく姿を現します。彼は大変魅力的ですから、みんなに褒めそやされたいのです。大勢の人に自分の姿を見せびらかしたいのです。注目されるのが好きなのです。もしかしたら、他の花の役者たちがずらりと並んだ奥に置かれ、いちばん前にいないことが、気に入らないのかもしれません。それとも、より協力的なダリアが先に咲き主役の座についたので、すねているのかもしれません。

でもこれは、自業自得というものです。ビショップの華々しいデビューを、みんな待ちくたびれているのですから。ビショップは、他の出演者がみんな舞台に上がってしまうまでぐずぐずしていて、しばらくすると、王のような自信に満ちた姿をぱっと現すのです。辛抱強く待っていると、本当にくたびれてしまいます。その間ビショップの周りでは別のダリアが咲き、バラが花開き、スイートピーが香りを振りまきます。奥に位置するビショップは、色

の濃いちょっと寂しげな礼服をまとって、考え込むようにたたずんでいるのです。ふてぶてしいナメクジが、大胆不敵にもビショップの衣装を台無しにしないように、油断なく見守るのが私の役目です。ビショップは、私の気配りをありがたいと思っているでしょうか。いいえ、ちっとも。王だから、してもらって当たり前、まるでそう言わんばかりです。

　気まぐれなビショップを中に抱えてしっかりと支えているのは、鉄製の分厚い鉢です。そう、いわば鉢は玉座です。このお偉い方は、シンプルな黒い鉢の玉座がお気に召さないかもしれません。「ランダフの司教」[2]を名乗っておられるくらいですから、ご先祖はきっと、司教が直々に管理する優雅な土地にお住まいだったことでしょう。みすぼらしい山小屋の周りに生えていたのではありません。

　うちの傲慢なビショップは、自らが深く鎮座する黒い鉢が、ありきたりのものとは違うということを、ありがたいと思っていないようです。彼自身と同じくらい興味深く長い歴史を持つ、鉄製のどっしりした鉢だというのに。何世代もの間、この手の鉢は、ジャガイモ掘りをしてきた田舎の農夫たちに受け継がれてきました。だから、鉢にも歴史があるのです。数百年のあいだ、大地で働く農民のために仕事をし、彼らが食べるジャガイモがとれないとき[3]は、空腹の涙を受け止めてきたのでした。それが、また植物を支えることになり、鉢の出番がきたのです。うちのささやかな鉢は、このように、優雅なビショップと同じくらい長い、豊かな歴史をたたえているのです。ビショップが強大な権力を誇っている間、小さな黒い鉢は、数々の植物が高貴な花を咲かせ、十分に栄養をとることができるように支えてきたのでした。それでも、ビショップと鉢が出会うことはなかったのです。

今、わが家の裏庭で、ビショップは小さな黒い鉢に、完全に身をゆだねています。鉢はご先祖と同じように頑丈で頼もしく、ビショップが花を開く気になるまで水を飲ませ、養い続けてくれるでしょう。ビショップの流れるようなたっぷりした衣装は、深い色合いですが、どことなく地味で面白みがありません。それでも、いよいよ咲くときが来たら、この落ち着いた部分は、鮮やかに咲き誇る花をいっそう引き立ててくれると思います。そうこうするうちに、ビショップのつぼみが出てきて、膨らみ始めました。頭を前にかがめた姿が、将来の美しさを約束しています。

こうして小さな黒い鉢と私は、ビショップの優雅な開花を辛抱強く待っていました。毎日あさ早く確認するのですが、ビショップは、まだためらっています。

ある朝ようやく、そのときが来ました。夜明けと共に花を開いたのです。そして今では、バラやスイートピーが並ぶ後ろに、ビショップの優雅な花がそびえ立っています。大きく膨らんでいたつぼみがパッと開いて、宮殿の出口から、深紅の冠を戴いた堂々とした姿が現れたのでした。実に見事な花です。誰もが惹きつけられます。みんなの期待をはるかに上回る素晴らしさです。ビショップは、まぶしいほどきらきら輝き、こう声を上げているようです。

「私を見なさい、私を見るのです！」

言われたとおり、ビショップをじっと見つめると、私の気分は素晴らしく明るくなりました。長い間待っていた甲斐がありました。ふさわしい時期が来るまでは起こらないこともある、ビショップにはそう教えられます。

1　ダリアの一種。ダリア・ランダフ。
2　ランダフは、英国ウェールズ地方の都市。長い歴史のある修道院や大聖堂がある。司教は、カトリック教会で司祭の上の職位。
3　一八四七年から数年間続いた、アイルランドのジャガイモ飢饉を指す。ジャガイモの不作が原因で、百万人が餓死または病死し、二百万人以上が国外へ移住したといわれる。

樹木を愛する人

封筒に書かれた文字で、差出人が誰かわかりました。美しい筆跡で宛名が書かれています。こんな風に書くことができる友人は、ひとりしかいません。その人の文字を見るだけで幸せになります。分厚い封筒でした。中に何が入っているのかしら。私は心地良い肘掛け椅子に腰を下ろし、老眼鏡を掛けました。素敵な瞬間が訪れる予感がします。いつも通り、彼女のカードは「うわあ」と思わず声を上げてしまうほど素晴らしいものでした。時間をかけて魅力的なカードを選んでくれるなんて、素敵だと思いませんか。そんなカードは、郵便受けに喜びをもたらしてくれます。

でももっと感動したのは、大きなカードに挟み込まれていた、二枚の小さなカードでした。カードには、私たち共通の友人バリーが作った詩が書かれていました。数カ月前に亡くなった人です。このカードを私に一枚、それに、受け取るにふさわしい誰かのためにもう一枚、入れてくれたのです。バリーは独特な人物で、自らが経営していた素晴らしい園芸センターも、彼と同じようにユニークでした。バリーのささやかな詩は、彼自身やセンターと同様、天の恵みのようなものでした。

バリーの園芸センターを訪れると、木々がたくさん立ち並んでいて、その向こうに驚くべき宝物が隠されています。西コーク地域をよく探し回らないとセンターにはたどり着けないのですが、いちどその存在を知ってしまったら、誰もが惹きつけられる場所でした。まるで敏腕ビジネスマンが息子に与える助言そのものだったのです。

「息子よ、物を売りたければ人の集まる場所へ行きなさい。だけどもし、みんなが欲しがる物をおまえが持っているなら、人は自然と集まって来るだろう」

そう、人々はバリーの園芸センターに集まって来たのです。門をくぐれば、そこには、バリーが生涯をかけて培った知識と経験があふれているのでした。小さな駐車場の周りには鋼の芸術作品が並び、そこにバードフィーダーが据え付けてあって、センターに到着すると、まず小鳥の群れに歓迎されます。夏になれば、見事なハンギングバスケット[1]に囲まれます。

センターに入ると、そこは平地になっていて、片側にはバラが美しく繁り、もう一方の側には様々な多年生植物が生えています。その間を歩いていくとゆるやかな傾斜になり、そこを登ると、大きなオレアリア[2]が並び立つ丘のてっぺんに到達します。登る途中にはカーブした小道がいくつもあって、どの脇道を行っても驚きの発見をすることになります。でもとりわけ見事なのは、バリーが厳選した木々でしょう。木について知識のない人にもわかるように、丁寧にネームプレートが付けてあります。それに、センターにはいつもバリーがいて、賢い選択ができるよう助言をしてくれ、いろいろ教えてくれるのでした。バリーは木々を愛していました。豊富な知識を持つ彼は、長年のあいだ西コーク地域の植林や森林の保護に貢献していたに違いありません。

バリーは、高齢になり体が利かなくなっても、小さな飼い犬と一緒にセンターの中を歩き回り、お客さんに説明し助言をしていました。バリーが亡くなった日、私はうちの庭を歩き、彼に感謝を捧げました。バリーが授けてくれた贈り物のおかげで、私の人生は豊かになったのです。

祝福のことば

老いを恐れるなかれ。
季節を数えよ。年を数えるなかれ。
春夏秋冬のそれぞれが
新しく、見事で、美しいものを
汝にもたらすものであれかし。

どんよりした冬の日に聞こえる
優しく穏やかなコマドリの歌声が汝に喜びをもたらさんことを。
かの鳥の鳴き声が先駆けとなりて春が来たらむことを、汝さとらん。

夏の夜のしじまにクロウタドリのたえなる調べが響きわたり
汝の心を神のほめ歌で満たし
神から喜びを賜らんことを。

汝が人生の旅の中で進むべき道を見喪うこと無きことを。
秋と冬には葉の落ちゆくが定めであるが如く
蕾が既に次の春に向けて育まれゆくこともまた定めなり。
されば、汝は年古るにつれ
尽きることなき若さの花をつけてゆき
神とともに永遠に生きるであろう。
神は仰った。「私は道であり、まことであり、いのちである。」

バリー・G・シャナハン（一九二九〜二〇一七年）作

私たちと一緒に歩き回りながら園芸のアドバイスを与えてくれた、聖人のようなその人を、ときどきなつかしく思い出しています。

1　柱などにつるす花かご。アイルランドでは、街の目抜き通りなどに沿ってポールが立ち並び、そこに花かごがつるしてある。
2　オーストラリア産のオレアリア属の低木の総称。ヒナギクに似た形の花をつけるため、デイジー・ブッシュとも呼ばれる。

庭の貴婦人

私にとってその木は、避難場所であり、癒しを与えてくれる存在であり……友人です。心の中の憂鬱や嫌な気分を吸い取ってくれ、私の気持ちに応えてくれるのです。四季を通して共に時間を過ごす仲間であり、間違いなく庭でいちばん素晴らしい存在です。

五月になると、そのりんごの木の豪華なピンク色の花が、いっせいに咲き始めます。本当に嬉しい眺めです。そして、初めて見た映画、ジャネット・マクドナルドとネルソン・エディが主演した『君若き頃』*を思い出すのです。もうずいぶん昔の作品ですけれど。でも、うちのりんごの木のルーツは、もっとずっと古いのです。庭の老貴婦人といえる存在で、彼女には自分を美しく見せる方法がわかっています。けれども彼女は、外見にこだわってばかりではありません。ピンクの花の内側には、じきに実をつけるための核が宿っています。いま彼女は、実を結ぶための、年に一度の旅に出発するところです。華々しく出かけようとしています。

冬の数カ月間、りんごの木は庭の真ん中で静かに休んでいて存在を感じさせませんでした。すっかり葉を落として丸裸で、根元はいくつかに太く分かれて周りの地面へ伸びています。うちの庭の小道はすべて、この木の下へと続いています。節だらけであちこち曲がった茶色い枝が大空に広がっています。年月が過ぎゆくうちに、下の枝の数本が折れてしまいました。ツタがからまる幹には、折れた枝の跡が、コケに覆われた短い突起となって残っています。その部分がバードフィーダーをぶら下げるのにちょうど良く、冬の間、丸裸の幹の周りに小鳥たちがたくさん集まって来ます。幹に寄せて古いベンチが置いてあり、長年の間にいろいろな人が体を休めたり、心を落ち着けたりしてきました。りんごの木は南側を向いていて、周りには低木の茂みがあるだけです。冬には雨風をしのぐ場所を提供してくれますし、葉っぱをまとった夏には涼しい日よけになるのでした。

年老いた木の下で休んでいると、疲れ切った気持ちが癒されるものです。これまで、体が疲れたり心がすさんだりする度に彼女に救いを求めてきましたが、期待を裏切られたことはありません。木のそばに坐っていると、しだいに落ち着いてきます。彼女の穏やかな気分が体の中に浸みこんできて、体が楽になるのです。その後ゆるやかに、穏やかさが心の中へと広がっていきます。すると、周りに注意を向けられるようになります。自分の存在を感じられるようになるのです。私たちは、自分がどこにいて何をしようとしているのか、わからなくなることがしばしばあります。いろんなことに気持ちが散らばってしまっているのです。

ささくれた木片のようになり、頭の中はおがくずでいっぱいです。そんなとき、自然がおがくずを優しく取り除いてくれるので、自分を取り戻すことができます。自然の中に身を置くと良いのです。

五月になりました。静かに立つりんごの木のどっしりとした幹の上では、枝が何本も勢いを吹き返しています。柔らかな緑色のコケに覆われた枝には、ピンク色のつぼみがいくつもついています。この先やってくる実りの季節のために、静かに準備をしているのです。今年は実がならないかもしれないね、毎年みんながそう思います。けれども、この年老いた木は、毎年実を作り始めるのです。人間が手を貸さなくても、ひとりでやってしまいます。年に一度の奇跡です。はじめは小さなりんごの実がいくつもつき、夏の間にしだいに大きくなっていきます。ときどき地面にぽとりと実が落ちると、小鳥やら蜂やら、名も知らないお腹を空かせた庭の虫たちに歓迎されることになります。それでもほとんどの実は、弓なりになった枝にしっかりとしがみついています。絶対に落ちないわよ、というふうに。

九月に入るとりんごの収穫時期になります。りんごの実を採るのは良く晴れた日に限ります。庭の女王様に、たわわに実ったりんごを離してくれるようお願いするときは、特にお天気が重要なのです。そうでなければ、濡れた太い枝についた雨粒で、収穫する人もびしょ濡れになってしまいます。今では、庭木にするのにちょうどよい高さと横幅の品種がありますが、うちのりんごはそんな木が登場するずっと前に植えられました。だからりんごの収穫は、手を伸ばしたり木に登ったりして行う大仕事なのです。年老いた貴婦人は、ロングヘアを切られたことがなく、剪定ばさみを向けられたことさえありません。だから、勝手気ままにどんどん伸びたのです。大空に届けとばかりに、庭の半分ほどを覆うように枝を広げています。そのため、実を収穫するには、勇気とバランス感覚と器用さを試されることになります。猿のように木登りがうまくなくてはならないし、『ジャックと豆の木』に出てくる巨人のように長い腕も必要です。それでも、どんな仕事も、うまくやってしまう人がいるものです。もっとも、そういう人物を探すのが一苦労なのですが。私の知人に、なんでも器用にやってしまう頼もしい男性がひとりいます。その人は、なんでもできるだけでなく、善意を持って快く引き受けてくれるのです。

それで、彼がうちの木に登ってくれて、下の枝の実のほとんどは、首尾よくバスケットの中に納まりました。けれども上に登るにつれ、バラの繁みに不時着しないよう、枝にしがみついているので精一杯になってしまいました。仕方なく、枝を揺する作戦に切り替えました。その人が上で枝を揺すると、りんごが滝のように降ってきます。私は走り回ってりんごを拾いました。早く拾わないと、ばらばらと降ってくるりんごが、すでに地面に落ちているりんごに激突するからです。

この方法だと、落ちてくるりんごに当たらないよう素早く身をかわさなくてはなりませんが、それがとても楽しいのです。お昼頃には、すべての実が落ちていました。落とすことの

できるものは全部、という意味ですが。お昼になり、もうほとんど実のついていない木の下でランチを楽しむことにしました。心と体を休める時間です。これで仕事の半分は終わったね、そう言い合いました。

さて仕事の再開です。りんごをすべて拾って集め、ずらりと並んだ箱にどんどん詰めていきます。大きさも形もいろいろです。大きいもの、小さいもの、へこんでいるもの、ごつごつしたもの、枝の切れ端がついたままのもの。箱に入れ、わが家の裏のポーチに運びます。外壁に沿って箱が何列も並びました。見事な眺めです。ポーチは、収穫したばかりのりんごの、まぎれもない素朴な自然の香りで満たされました。香りは家の中まで入っていくので、訪ねて来る人がみな同じことを言います。

「りんごを収穫したのね」

すると私は、期待を込めて返事をします。

「ひと箱持っていかない？」

裏のポーチにりんごの箱が並んだということは、りんごのタルト作りが始まることを意味します。収穫方法が少々ぞんざいなものですから、りんごは長持ちしません。だから、すぐにタルトを焼かなくてはならないのです。庭の年老いた貴婦人は仕事を終えました。次は、私の番です。

＊　一九三七年に公開されたアメリカのミュージカル映画。恋するふたりが、満開の花をつけた木にもたれかかり、坐って歌うシーンがある。

第四部　ささやかな思いやり

いちばん苦しいときに優しい手を差し伸べてくれ、
凍っていた私を溶かし、生き返らせてくれた。

黒い泡

悲しみが大きな音をたてて玄関から無理やり入ってくると、部屋という部屋の中で暴れまわり、裏口からさーっと出ていきました。そのあと、家じゅうがヘドロのような絶望に包まれていました。悲しくて、心も体も麻痺しています。愛する人を失うと、精神力だけでなく体力もなくなってしまうということが初めてわかりました。死別の悲しみは、人を消耗させるのです。何をするにも骨が折れ、毎朝ベッドから起き出すのにさえ大変な努力がいるのです。でもベッド中でじっとしていたのでは、みじめな思いに包まれて抜け出せなくなってしまいます。夜になると、その人を失ったときのショックがよみがえるし、朝が来て目覚めれば、絶望の波が次々に押し寄せて来ます。悲しみの旅路をたどったことのある友人が助言をしてくれました。

「目が覚めたらすぐ、ベッドから起き出してシャワーを浴びるのよ。でないとひどいことになっちゃうから」

私には、まったく経験のない恐ろしい世界だったので、この人の言うことが正しいのかどうかわかりませんでした。でも、彼女は同じ境遇を乗り切ったのです。経験があるのだから、たぶん正しいことを言っているのでしょう。私は、彼女の言う通りにしました。

「シャワーから出るときに、水を浴びるといいわよ」

健康オタクの別の友人に、そう教えられました。考えただけで恐ろしい！　冷たい水が体に当たると、私は思わず叫び声を上げていました。でもおかげで、一日を始めることができたのです。

あなたの目の前には、何の意味もなさない一日が広がっています。葬儀の最中は何も考えなくても体が動きました。しきたり通りにただ進めていただけでした。葬儀がすべて終わってしまうと、現実の世界に戻ることになります。でも、あなたがよく知っている世界は、もうありません。まるで、黒い泡の中にいるような感じです。泡の外では、いつもの世界が引き続き繰り広げられています。あなたはその世界の住人ではなくなっていますが、戻りたいとも思いません。別世界になってしまったのに、どうやって生きていけばいいのでしょう？どうしたらいいかわからない状態で、毎日を戸惑いながら過ごし、ほんのひとときでも苦しみを和らげてくれそうなものがあれば、何にでもすがろうとします。

それが、悲しみの旅路をたどっていくうちに、ささやかな癒しの池に出会うようになります。思いがけないときに現れる池に、あなたはよろよろと近づいて行って足を浸けてみます。

すると、ほんのいっとき気持ちが楽になり、先へ進んでいくための力が湧いてくるのです。暖かい暖炉脇での友人とのおしゃべり、森の中の散歩、心地良い音楽、美しい花、庭を掘り起こすときの心休まる土の匂い。いろいろな癒しがあります。親切で察しの良い友人がいると心が救われます。そんな小さなことに慰められて、あなたは、少しずつもとの状態に戻っていくのです。様々な慰めが援助の手を差し伸べてきて、あなたを優しく包み込んでくれます。そしてゆっくりと、あなたは新たな世界で目を覚ますのです。なじみのあるかつての世界とはまったく違いますが、新しい世界にはそれなりの美しさがあります。あなたは、過ぎ去ったことを感謝を込めて思い出すことができるようになりました。今を生きることができるようになったのです。今このときがいちばん大切、しだいにそう思えるようになるでしょう。

親切

あなたの温かい親切が
心に残っている
計り知れないほどありがたい
善意に満ちていた

いちばん苦しいときに
優しい手を差し伸べてくれ
凍っていた私を溶かし
生き返らせてくれた

庭園の聖人

台所の食卓の上に、すらりと長いエレガントな花瓶が置かれ、一輪の赤いバラがかぐわしい香りで辺りを満たしていました。ひと目見ただけで、帰宅が歓迎されているような気分になり、心が温かくなりました。留守中にモーリーンが来たのね、すぐにわかりました。いつも必ず一本の深紅のバラを手に、わが家にやって来るからです。

何年も前のことですが、モーリーンと私は、ブラザー・ミッチェルが修道院の庭にバラの花壇を作っているのを見たことがあります。みな同じ深紅のバラで、身をかがめて匂いをかぐと、豪華な深い香りに包まれました。ミッチ（私たちは彼をこう呼んでいました）は、うちの近くの修道院で会計係を担当している修道士で、恐るべき几帳面さで会計業務をこなしていました。

それが、一日の仕事を終えると、ミッチの別の側面が現れてきます。仕事道具をすべて片づけ、着古した長いニットのセーターですっぽりと身を包みます。さらに、ファッションア

イテムとしての魅力をとうに失った、くたびれた毛糸の帽子をかぶるのです。喜び勇んで手押し車を引っ張り出すと、庭へ出て作業を始めます。庭にいるミッチは、創意と熱意にあふれ、生き生きしていました。

ミッチは、庭で花も野菜も種から栽培していました。きちんと並べて長い列にして、愛情をこめて育てていたのです。春のはじめに、ガラスの温室やビニールハウスから苗を出し、重労働の証であるその苗を、修道院の庭のあちこちに植えていきます。私たちが訪ねていくと、遠くから優しい笑顔を見せるだけで、そのまま作業に没頭していました。とりとめのないおしゃべりなど始めることはありません。この人の創意の流れを止めてはならない、そう感じました。でも作業の合間に訪ねていけば、ミッチは踏みぐわの柄に身をもたせ、楽しいおしゃべりを始めます。ちょっと彼と話すだけで植物についていろいろ学ぶことができ、この人はチャペルの中だけでなく、庭にいても神とつながっている、そう気づくのです。そろそろ引き上げる潮時だと感じたら、しぶしぶいとまを告げて歩き出します。この世は思ったよりずっと素敵なところね。そういう気持ちになって帰ることができるのでした。

庭がゆっくりと休んでいる夜のあいだチャペルで行われる祈禱会で、ミッチと一緒に祈りを捧げることがありました。そんなときミッチは、神と人と自然が結びついている、より高い次元へと、私たちを優しく導いてくれたものです。ミッチが亡くなった今、彼を愛した私たち知人は、深紅のバラを見るたびに、彼と共に祈りを捧げたことをなつかしく思い出すのです。

気分の高まり

「人の手作業と
大地の恵み」
今日わたしは
この目で見定めた
大地と
人と
神の営みを

古びた器

黙想会でのことでした。黙想会って本当にいいものですね。私たちはいつもしゃべりすぎていますから。少なくとも、私はそうです。沈黙とは、なかなか味わうことのできない素晴らしい状態だと思います。沈黙の中に身を置くと、他人の身勝手な言葉を浴びなくて済むので、心が回復します。

黙想会は、わが家から近いアップトンのセントパトリック修道院で行われていました。その修道院は、実社会の厳しさに適応することが難しい大人たちが生活する施設でもあります。居住者は、安全な環境で行き届いたケアを受けています。その施設は地元のコミュニティにほどよく溶け込んでいて、従業員の多くは地元に住んでいる人々でした。

施設居住者のひとりにネッドという男性がいます。子どもの頃の不幸な事故が原因で脳を損傷していて、大の大人ではありましたが、まだ子どもの世界に住んでいるのでした。野の花を摘んでは、近くにいる大人に笑顔で渡すという、ほほえましいことをする人です。

良く晴れて明るく暖かい、六月のある日のことでした。黙想会の参加者たちが小さなチャペルから出て、思い思いの場所に静かに散らばっていきました。私は近くの野原へ行き、太陽の光を浴びながら溝に沿って歩き、くつろいだ気分を満喫していました。生きている喜びを感じながら。

数人の居住者が向こうの隅に集まって、ラジオでスポーツ中継を聞いていました。地元コークのチームがハーリング*の試合に出ていて、得点を入れると歓喜の声が聞こえました。野原の向こうからがっかりしたうめき声が流れてくると、地元チームが苦戦しているとわかるのでした。スコアに応じた彼らの反応を耳にする私にも、喜びの波と落胆の波が押し寄せては引いていき、どういうわけか、今まさに生きているという実感が湧いてくるのです。彼らは、跳び上がったり大声を上げたり、自分でもゴールを決めている気になって楽しんでいます。

そのとき、ネッドが仲間からそっと抜け出して、野原の花を摘みながらこちらへやって来て、小さく束ねた花を私の目の前に差し出しました。感激しました。大人の男性なのに子どもみたいに振舞って、可愛らしいわ。

ところがその晩、教会の祭壇の前でみんなと一緒に静かに祈りを捧げていると、そのできごとの見方が変わったのでした。黙想をし、祈り、魂を刺激される話を聞いたことで、感覚が鋭くなっていたのかもしれません。大人の体で子どものように振舞うネッドは、実は「古

びた器に抱かれた清らかな精神」なのではないか、そう思えたのです。帰宅後もずっとそのことを考えていました。

古びた器

日曜日
小鳥も太陽も
自然をほめ称えている。
あなたは花を摘み
大きな喜びを手に
大人の体に幼子の心
その清らかな精神は
古びた器に抱かれている。
いにしえの人々は言った「神の人」
なんと賢い言葉か
あなたは神の御国に
生きている。

この世のわなに
捕らわれることはない
視野の狭い人間を
はるかに越えた存在だから。

＊　アイルランドの球技。木製のスティックでボールを打つ、ホッケーに似たスポーツ。

気持ちを抑えないで

良く晴れて霜が降りた、二月の寒い朝のことです。電話が鳴りました。村はずれに住むメアリーでした。

「アリス、お宅の窓辺の花は素晴らしくきれいね。それが言いたくて。たったいま車で通りかかったら、朝日を浴びて輝いていたわ。おかげで私の気分も明るくなった。それで電話したくなったのよ」

ああ、なんて素敵なことをしてくれるのかしら。うちの窓辺の花がメアリーの気持ちを明るくしたと知り、気分が良くなりましたが、それよりも、彼女がわざわざ電話してくれたことが嬉しいのです。考えてみると、私たちは感謝の気持ちを言葉にしないことがあまりにも多いのではないでしょうか。いいなと思っても、口に出さないことがいかに多いか。忙しすぎて時間を割くことができない場合もあれば、こんなことを言ったら相手にくだらないと思われるかもしれない、そう考えてしまうこともあります。そうなると、いろんな気持ちが頭

の中に芽生えてしまい、せっかくの嬉しい気持ちが抑え込まれて、何もせずに済ませてしまうのです。こんなに残念なことはありません。

人からいろいろな助言を受けたことがありますが、中でも素敵だと思うのは、「人に感謝したいという気持ちを抑えるな」というものです。メアリーは喜びを伝えたいと感じ、それを表してくれました。彼女の広い心のおかげで、私は幸せな気持ちになったのです。日々の生活に起こる様々なことを考えれば、これは取るに足らないことかもしれません。でも、小さなことが大きな意味を持つこともあります。だから、いいなと思ったら、本人に伝えるべきなのです。気持ちを抑えたり、考え過ぎたりしてはいけません。伝えて下さい。今すぐに。そうすれば、誰かを幸せにしてあげることができるのです。

人を思いやる気持ちは、どこからともなくやってきて、私たちの脳のクリエイティブな思考をつかさどる部分に入ってきます。でも、その気持ちを分析しようとすると、脳内の実用的思考を扱う部分が作動して、せっかくの良い衝動を抑えてしまいます。感謝の気持ちを伝えてくれる思いやりのある人々が、世の中にぬくもりをもたらしているのです。そんな人に出会うと、すがすがしい気分になりますよね。けれども、他人を正反対の気持ちにさせる人もいます。そういう人に会うと、憂鬱になってしまいます。彼らが世の中を陰気臭くしているからです。でも不思議なことに、その手の人たちが、恵まれない子ども時代を過ごしたとは限りません。彼らはみじめな気分を広めて楽しんでいるようです。こういう人たちこそ、

世の中を暗くしているのです。

世界の中には、メアリーのように、喜びを広めることが良いことだと信じる人がいます。

そんな人たちに、感謝しようではありませんか。

春の気配

きょう春が来て
私と一緒に歩いてくれた
丘を登り
空気に柔らかさを吹き込み
頭の中の扉を開く

春に気づいた小鳥たちから
あふれ出るシンフォニー
歓迎の気持ちを抑えきれずに

それは一月半ば

春はちょっとのぞくために
やって来ただけ

谷間のあいだ春の後ろに
いく筋か紫のベールが
たなびいている

なすがままに

とても嫌なことがありました。激しい怒りが大きなうねりとなって強引にうちの中に入ってきて、わが家の清らかさをふみにじり、私の心の安らぎを侵していきました。

一晩中まんじりともせず、灰色の夜明けが窓からゆっくりと入ってくるのを見ていました。このショックからは、そう簡単には立ち直ることはできないでしょう。心の平静が破壊されたのです。壊されたものをどうやって回復したらいいのでしょうか。私にはわかりませんでした。

数日の間、ビートルズの古い曲の歌詞が頭の中に浮かんでは消え、私はそこに答えを見つけようとしていました。歌にあるように「レット・イット・ビー(なすがままに)」していればいいのでしょうか。そうしようと努力してみました。でも言うは易く行うは難し、です。それでも解決策がわからないのですから、どうしようもありません。やはり、なすがままでいることにしました。

そもそも解決方法などあるでしょうか。あの古い曲は大好きですが、ずいぶん長いあいだ聞いていません。ユーチューブで聴いてみると、気持ちが妙に落ち着きました。聞きながら考えました。解決策なんて、あるのかしら。

それが、あったのです。答えは、突然やってきました。何年も会っていない友人からの電話でした。その人が、ある自己啓発セミナーを主催するつもりだということで、興味があるかどうか私に尋ねてくれたのです。ええ、もちろん。

この聡明な友人は何年も前に「心の中の安らぎ」を得るための学びの機会を紹介してくれました。けれども、ほとんど「豚に真珠」を与えているようなものでした。当時の私は、思い上がった未熟者で、彼が与えようとしたものの素晴らしさが理解できなかったのです。今ならわかります。神は長い時間をかけてゆっくりと、私に気づかせてくれたのでした。やはり、「なすがままに」というビートルズの言葉は正しいのかもしれませんね。

こうして、心を癒し、豊かにするための旅が始まりました。彼の素晴らしいセミナーは、心の糧となり、魂と身体に潤いを与えてくれました。それまで私が理解できなかった多くのことにも意味があると示してくれたのです。まるで、心の目を開く旅をしているようで、今までとは違う新しい景色が見えてくるのでした。心の窓がゆっくりと開いて天のお告げが聞こえ、癒しの光が流れ込んできます。身も心も洗われて、私は生まれ変わりました。

そしてある日、セミナーの受講中に、心の傷が癒されていることに気づいたのです。怒りが薄らいで、身体の中からゆっくりと押し出されていきました。この素晴らしいセミナーを受けているうちに、長年の英知が身体にしみ込んできて、それが心の傷を治していたのです。解決方法は、ここにあったのです。

人生では嫌なことがよく起こるものですが、あのときの私は心が傷つけられ、ずいぶんと嫌な気分になりました。でも振り返ってみると、学びの過程だったのではないかと思います。親切な人々と素晴らしい環境に恵まれていることを、以前よりずっとありがたいと思うようになりました。今を楽しむことが、またできるようになったのです。

通りすがりの優しさ

ものすごい疲労が、津波のように私をのみ込みました。いろんなことをやり過ぎてしまってへとへとになり、「ちょっと休んで」という合図があったのに、見落としていたのでした。今、そのツケが回ってきたのです。誰とも会いたくないし、話したくない気分でした。なんとかして疲れをいやそうと、たいへん遅い時間に朝食を取りました。心を回復させるための余裕を持ちたかったのです。ところが擦り切れた心は、今さらなんとかしようとしても、なかなか応えてくれません。身も心も活力を失い、倦怠感に包まれていました。こんなに疲れちゃって、もとの状態に戻れるかしら。そのとき、ごちゃごちゃした頭の中にシェリー[1]の詩の一節がすっと流れてきたのです。

疲れ果てた子どものように横たわり
人生の苦労に涙する

私は耐えてきた、これからも耐えきらねば
死が眠りのごとく忍び寄るとき
頬が冷たくなるのを
暖かな空気の中で覚えるだろう
死にかけた私の脳は
ものうい海の調べの
最後のささやきを聞くだろう

自分がどんな状況になったとしても、詩人がすでに同じ苦しみを味わっているなんて驚きです。シェリーと私は「同じ靴で歩いている（同じ境遇にある）」ようなもので、いえ、同じ苦労の荒波の中を進んでいる、という方がいいでしょう。

自分を憐れむ泥沼にどっぷり浸かっているとき、玄関にノックの音がしました。ああ、どうしよう。出なくてはならないかしら。この状態で、他人と向き合えるのかどうかわからない。もう限界、余裕がないわ。でもそのとき、もうひとりの自分がこう告げたのです。

「さあアリス、気合いを入れるのよ。あそこまで行ってドアを開けなさい」

外に立っていたのは、まったく見知らぬ女性でした。優しい微笑みをたたえて私の手に紙袋を握らせると、穏やかにこう言いました。

「いまダブリンからコーク西部へ向かっているところなんです。本のお礼が言いたくて。私の人生を豊かにしてくれたから。これは、ほんの感謝の気持ちです」

私は驚いて息をのみました。

「良かったら、お入りになりません？」

「いえいえ」と彼女は遠慮して言いました。「家族が車で待っていますから」

そして、彼女の車は他の車の流れにのみ込まれていきました。

ドアを閉めた私は、小さな紙袋を手に、感激したまま玄関ホールに立ち尽くしていました。なんと素敵なことでしょう。紙袋を持って「静寂の間」[2]に入ると、窓辺のテーブルに置きました。あの人はきっと、軽々しく物事を行う人ではないわ、私にはそう思えました。女性の優しさと思いやりが、私の心の疲れを洗い流してくれていました。疲労感がなくなっていたのです。私は椅子に腰かけて紙袋を開けました。柔らかい白いティッシュペーパーに包まれた固いものとカードが一枚入っています。カードにはこう書かれていました。

「あなたの最新作『ティー・アンド・トーク』[3]は、表紙の写真がティーカップですよね。このピッチャーは、あのカップと揃いの柄です。数カ月前に亡くなった母のものです。大切にしていた茶器セットのうち、このひとつだけが残っていたのです。あなたのセットに加えてもらえたら、きっと母も喜びます」

包みを開けエレガントな丈の高いピッチャーを手にして、私は喜びの声を上げました。大

切にしている茶器セットと同じ柄です。うちのセットには、小ぶりなミルク用のピッチャーしかなかったのです。

ピッチャーをなでながら、かつて使っていた女性に思いをめぐらせました。どんな境遇の人だったのでしょう。彼女が育て上げた娘は、喜びを伝えたい気持ちを素直に表す人になったのです。おかげで私の最悪の気分は、この上なく幸せになりました。

1 パーシー・ビッシュ・シェリー。一七九二〜一八二二年。英国のロマン派の詩人。この詩は一八一八年作『ナポリの近くにて、失意の歌』の一節。
2 著者の自宅の一室。テレビを置かず、静かに過ごすことができるため、この名をつけた。
3 二〇一六年に出版されたアリス・テイラーのエッセイ。邦訳はまだない。

第五部　あの頃と今

ひと休みすることがなかったら、
私はこの素晴らしい機会を逃していたことでしょう。

妊娠の苦しみと喜び

人類の進化においてずっと、妊娠とは自然の営みだとされてきました。でも私には、自然なことなのかどうか、疑わしく思えるときがありました。私は、妊娠というものになかなかなじむことができなかったのです。ええ、これでも控えめな言い方です。まず朝は、胃が自分の中にあるものを外に出したいと要求するため、何もできなくなりました。猛スピードでトイレへ駆け込み、なんとかして吐こうとしますが、まったく何も出てきません。おまけに、私の胃はその後の予定を勝手に変えてしまいました。つまり、この悲惨な状態は何かの間違いで「モーニング・シックネス（つわり）」と呼ばれているのですが、私の場合、朝だけでなく夜まで続き、忍耐力を試されたのでした。しかも、妊娠初期の症状ということになっているにもかかわらず、最後までずうっと続いたのです。喜ばしいとはまったくいえない状態です。能天気な主治医が楽しそうに説明してくれたことによると、この症状は気にしないのがいちばんなのでした。ああ、とんでもない。彼は、妊娠を経験したことがありませんからね。

普通ではないこんな症状に加え、頭もくらくらして、動かないはずの物が空中に浮かんで見えることもありました。それが、ある良く晴れた日曜日の午前、ミサに参列しているときに起こりました。司祭が祭壇から浮かび上がり、まるで昇天するかのように教会の尖塔に向かって昇っていったのでした。すぐに外へ出て新鮮な空気を吸いたかったのですが無理でした。だって教会のすぐ下で地震が起こりそうになっていて、頭がくらくらし、座席にしがみついていたからです。幸い司祭は祭壇に降りてきましたし、床も揺れずにいてくれたので、起こりかけた地震はおさまったのでした。

　こんな風に気がかりな症状が続いた後は、それまで食べていた物が一口も食べられなくなりました。特定の食べ物の匂いがすると胃が宙返りをし始めます。何でも食べていたのに、平常時もいつ噴火するかわからない火山みたいになってしまいました。しばらくして、その段階がゆっくりと遠のいていくと、次は足首がパンパンに腫れ、血圧が上がり、ひどく疲れるようになりました。

　それでも、なんといってもいちばんやっかいなのは「妊娠中のかゆみ」でした。このかゆみに襲われると、良識のある女性でも悪魔のような女に変わってしまいます。私の場合も、まさにその通りでした。私の主治医はちょっとばかりアイルランド語*の知識があることがご自慢なのですが、その彼がアイルランド語の罵り言葉を教えてくれました。

「体中かゆくなれ。爪がなくて掻くことができない状態になれ」

大昔、いまいましい敵に浴びせるのに、これがいちばんひどい呪いの言葉だったのでしょう。呪いが掛かれば、効果絶大ですよね。

かゆみというものは、気温が上がるといっそうひどくなります。だから私も、暖かい状態は絶対に受け入れられませんでした。だから周りのみんなは、凍えるほどの寒さの室温に耐えることになりました。幸せな家庭生活を営むのに最適な気温とは、とうてい言えません。かゆみは、どういうわけか足の裏にずっと留まっていて、もう頭がおかしくなりそうでした。解決方法は、足を冷やし、ベッドを冷たくし、家の中を寒くする、つまり、極寒の家にするしかありません。私は氷の女になっていました。車に乗せてもらうときは、両足を窓から外へ突き出します。夫にはもう十分長いあいだ迷惑をかけていましたが、警察に車を止められるのではないかと心配になりました。死体を埋めるため、真夜中に人里離れた森の中まで運転していくのではないか、そんなふうに疑われかねない様子でしたから。

そして、ようやく私は分娩室に落ち着きました。お産の痛みを和らげる麻酔などない時代でしたから、マッサージをしてもらいにスパへ行くのとは、わけが違います。のちに、助産師をしている姉に言ったことがありました。分娩室って、拷問を受けるみたいに苦しむ場所よね。すると姉は、私の体に思惑ありげな視線を走らせ、こう言ったのです。

「あんたは安産の体型じゃないからね。もう少し骨盤が張っていればいいんだけど、やせてがりがりで、父さんの一族の体つきだから。赤ん坊を産むのには良くないよ」

こう言われたら、何も言い返せませんよね。

最後の五度目の妊娠も、いつものパターンでした。だから、五人目も男の子だろうと思い込んでいたのです。でも性別など、どうでもいいことでした。赤ん坊が生まれること自体が素晴らしい奇跡なのだとわかるようになっていたからです。何ごとも問題なく終わるかどうかだけが心配でした。いつもより短い時間でお産を終えると、この世に生まれ出たよと知らせる泣き声が聞こえました。私はすぐに助産師に尋ねました。

「元気な男の子でしょうか?」

「ええ、元気な女の赤ちゃんです」

私は耳を疑いました。

「女の子?」

「そうですよ。素晴らしく元気な女の子です」

その瞬間、分娩室が明るく輝きました。

ああ嬉しい、女の子だ

新年の
最初の日に

あなたは生まれた。
美しく健康で
予定日より早く
しかも、完璧な姿で。
陣痛の
苦しみは
最高潮に達して
素晴らしいことを成し遂げたという
喜びに変わった。
この上ない輝きに包まれた
小さな女の子
とめどない私の涙が
ふわふわの頭の上に
ぽとぽと落ちる。
大きな喜びの中で
あなたは洗礼の涙を浴びた。

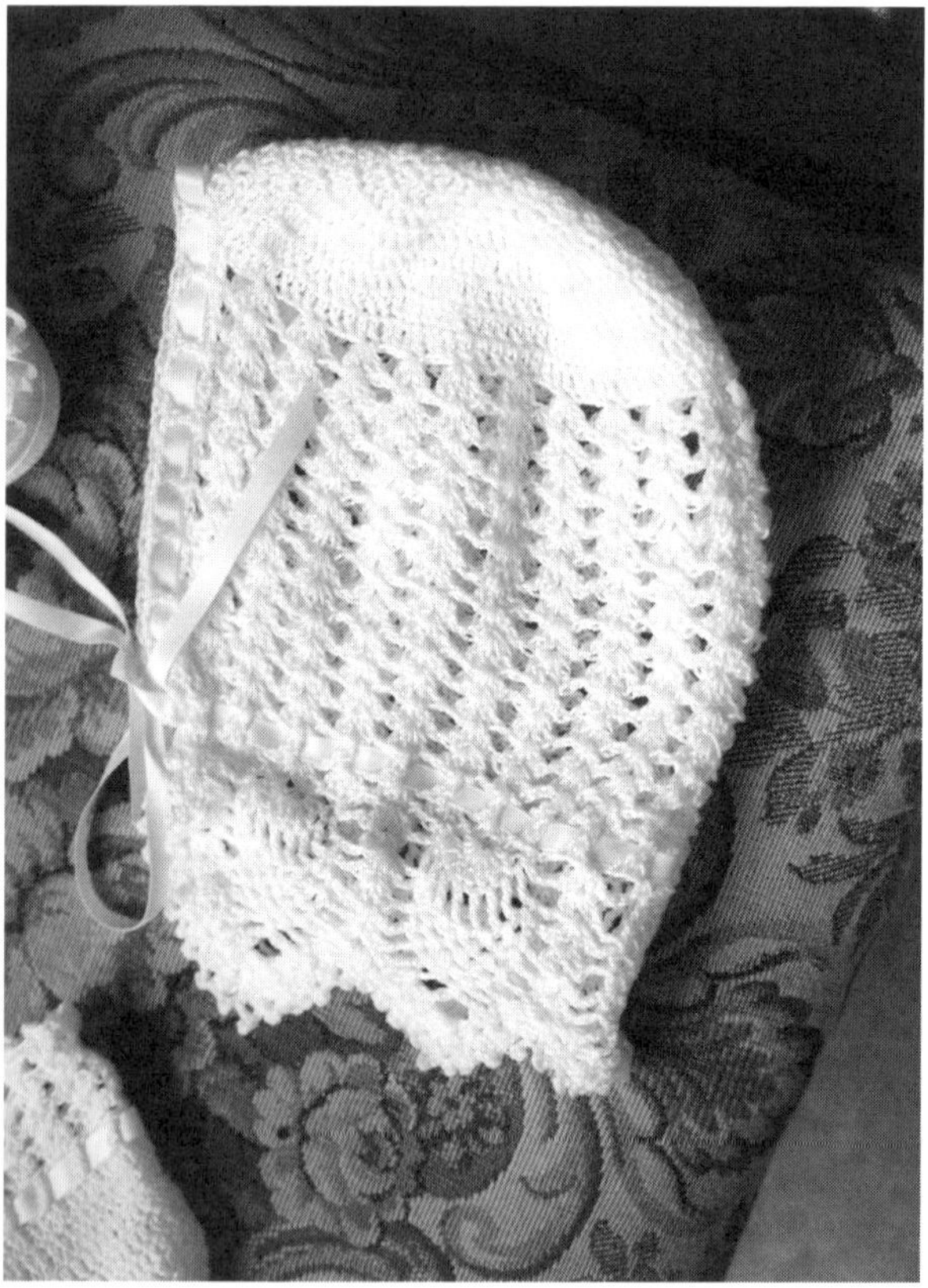

＊　アイルランド共和国の公用語はアイルランド語と英語であるが、国民のほとんどが英語を使用している。日常的にアイルランド語を使用している国民は、人口のおよそ二％といわれる。

本の執筆

　オコンネル通り[1]にあるイーソン書店の正面入り口から中へ入ると、はっと立ち止まってしまいました。目の前にある大きな本棚の上から下までいっぱいに、同じ本がずらりと並んでいたからです。ええ、私の本です。『アイルランド田舎物語――わたしのふるさとは牧場だった[2]』、この処女作が数百冊も並んでいたのです。魔法のような瞬間でした。頭のてっぺんからつま先まで、感動が体中を突き抜けていきます。自分自身のために嬉しいのと同時に、ブランドン・ブックス社のスティーブ・マクダナのためにも喜びました。スティーブは小さな出版社を立ち上げ、長年のあいだ様々な困難に見舞われつつも、会社を運営してきました。この本がベストセラーになったことは、ブランドン・ブックスにとっても快挙だったのです。

　でもこれは、スティーブと私だけの成功ではありません。私たちではない人たちの暮らしを記した本だからです。特に何も成し遂げてはいない、自分ではそう思い込んでいる普通の人々の話です。ところが、素晴らしいことをちゃんと成し遂げているのです。大地で汗を流し、貧しい暮らしを送りながら、アイルランドの田舎の魂を守り続けていたのですから。外国へ移住しなくてはならなかった人も多く、そんな人たちは、母国の貧しい家族に経済的な援助をしていました。『アイルランド田舎物語』は、ゆくゆくはその人たちの手元に届き、彼ら自身に彼らの物語を語ることになるでしょう。この本は、そんな人たちの生きざまを讃えているのです。書店の中で私は、平積みになった本のてっぺんに乗りあがり、私たちみんなのために喜びのダンスを踊りたい気分になっていました。心の片隅でずっと温めていたことをようやく成し遂げたからです。

　幼い頃から文章を書くことが大好きでした。日々のできごとは何でも紙に記しておきたい、子どもの頃から常にそう思っていました。まるで、書き留めて記録しておけば、そのできごとが消えてしまう心配はないとでもいうように。ただ、はっきりとした計画などなく、ときが来れば何か形になるのではないか、ぼんやりとそう考えていたのです。そのうちに、本腰を入れて書き綴るようになりました。

　その当時スティーブは、まだ世の中に出ていない良い作品が埋もれていないかと、編集者の嗅覚を働かせて探していました。そして、私の話に見込みがあると感じ取ってくれたのです。彼から電話をもらい、私が送った原稿を本にしたいと告げられたとき、台所で躍り上がって喜びました。出版されたばかりの本が自宅に送られてきたときも、嬉しくて、つい踊ってしまいました。その後ゲイ・バーン[3]のラジオ番組でインタビューを受けたらアイルランド

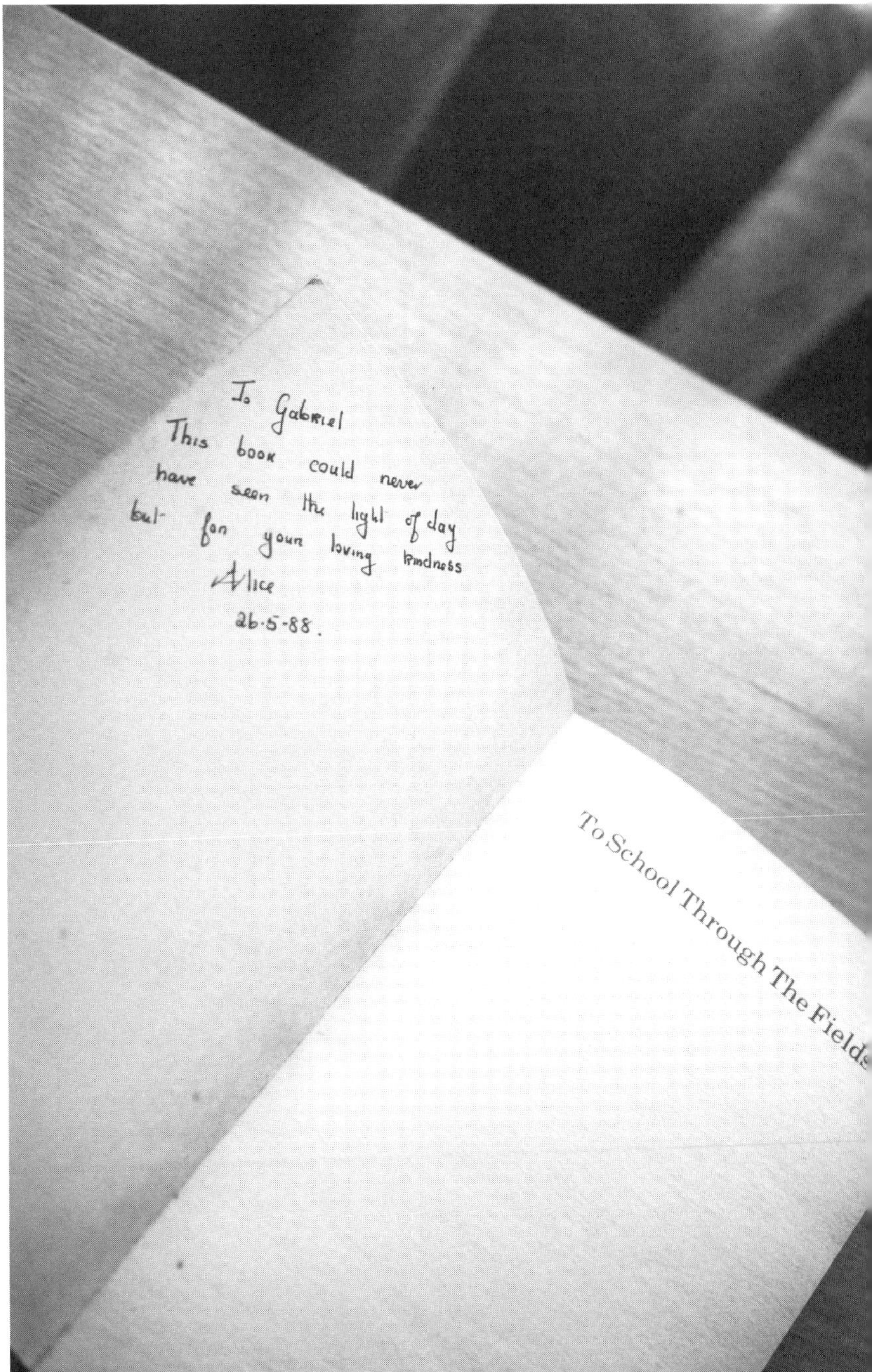
To Gabriel
This book could never
have seen the light of day
but for your loving kindness
Alice
26-5-88.
To School Through The Fields

中に放送されて、私と同じように田舎で生活していた人々が、この本を知ることになったのでした。そんな人々は『アイルランド田舎物語』を自分の物語として受け取ってくれました。数日後、スティーブがわが家にやって来てこう言いました。

「僕たちが出版した本が、ベストセラーリストの一位になったぞ」

それがどういう意味なのかとっさには理解できず、スティーブに尋ねなくてはならないほどでした。

最初の本のおかげで素敵なことがいろいろあり、今でも大変ありがたかったと思っています。『アイルランド田舎物語』がきっかけとなり、その後も物語は続いていきました。どの本も、印刷されたばかりの最初の一冊が送られてくると、その日は特別な日となります。それまでは夢でしかなかったものが、最初の一冊を手にすることで、現実となるからです。

でも、いちばん幸せを感じる瞬間は、読者に会ったり、読者から手紙をもらったりして、私の本がその人たちの人生に喜びをもたらしているとわかるときです。喜びがあってこそ素敵な人生になる、私はそう信じているのです。

1　アイルランドの首都ダブリンにある目抜き通り。十九世紀前半に活動した政治家ダニエル・オコンネル（一七七五～一八四七年）の名を取ってつけられた。オコンネルは、アイルランド独立運動の指導者で、一八四一年に百五十年ぶりのカトリック教徒のダブリン市長となった人物。
2　アリス・テイラー著、高橋豊子訳、一九九四年、新宿書房。原著は一九八八年に出版され、アイルランド国内で大ベストセラーになった。
3　一九三四〜二〇一九年。アイルランドのテレビ・ラジオの司会者。一九七三年から二十五年に渡り、アイルランド国営ラジオ放送で冠番組を持っていた。

表現者から私たちへ

　何か美しい瞬間を体験し、それを十分に楽しむと、心の奥にその記憶が残ります。記憶は何度も何度も思い起こされ、再現されることになります。詩人とは、自分のため、他人のために、それをしてくれる人たちです。人にはそれぞれお気に入りの詩人がいて、その詩人に、美しい記憶を再現してもらっているのです。詩を読んでいて、詩人が描いた状況にすっかり心を奪われてしまうことがよくありますよね。また、あなたが忘れてしまった場面を、詩人が心の中によみがえらせてくれることもあります。その詩人は、あなたと同じ状況を経験しています。あなたと同じ立場に立っていたことがあるのです。きっと、あなたと同じ気持ちだったことでしょう。人が詩を暗唱するのは、そんな理由からかもしれません。あるいはまた、人生で素晴らしいことがあっても言い表すことができないとき、昔の詩人の言葉が頭にふわりと浮かんでくることがあります。素敵な瞬間です。ワーズワース[1]の『水仙』を読み、そんな気持ちになった人はたくさんいるでしょう。

というのは、その後、空しい思い、寂しい思いに
襲われて、私が長椅子に愁然として身を横たえているとき、
孤独の祝福であるわが内なる眼に、しばしば、
突然この時の情景が鮮やかに蘇るからだ。
そして、私の心はただひたすら歓喜にうち慄え、
水仙の花の群れと一緒になって躍り出すからだ。

（平井正穂編『イギリス名詩選』岩波文庫）

ワーズワースが長椅子に横になって追想をするこの詩は、長い年月に渡り、多くの人々に喜びを与え続けてきました。このように、他人の至福の瞬間を知ることで自分の人生が豊かになり、自分の周りにある美しいものに気づくようになるのです。また、ロバート・ルイス・スティーブンソン[2]が子どもの頃の気持ちを記した詩も、とても素敵だと思いませんか。

この世のなかには
いろんなものが
いっぱいあります、うれしいことに

ぼくもわたしも、しあわせいっぱい
王さまのように、ゆたかなきもち

（間崎ルリ子訳『ある子どもの詩の庭で』瑞雲舎）

もちろん、王さまの豊かな気持ちとはどんなものか、私にはわかりません。けれど、これは子どもが考える王さまの世界なのです。この詩を読むと、楽しさに小躍りしないのが不思議に思えてきますね。

遠い昔から、詩人は自らの体験に私たちを引き寄せてくれました。散文よりも詩の方が状況をよく表していると感じるときが、たびたびあります。それは、詩にすると、体験したことを凝縮した言葉で表すことができるからです。詩人は、自分の心の中に入る鍵を私たちに与えてくれます。

美しい音楽にも、詩と同じ効果があります。演奏者が奏でる美しい旋律はひらひら舞いながらあなたの心の中に入ってきて、あなたを作曲家の世界へと連れて行ってくれます。詩とは違い、音楽には三者が関わっていて、それぞれが互いに調和して初めて、効果が発揮されます。すると私たちは、滑るように別の次元へと入っていくのです。音楽を聞いていて、ずっと忘れていた場所にタイムスリップした経験が、あなたにもおありでしょう。とても気持ちの良いものですよね。あの頃が、よみがえるからです。私も、ラジオからお気に入りの音楽が流れてくると、曲に合わせて台所じゅうを踊りまわることがあります。その頃の喜びが、今この瞬間によみがえるのです。

けれども、意識を集中させていないと、ほとんど気づかないまま、せっかくの美しい瞬間が通り過ぎてしまうかもしれません。たぶん心の一部ではその瞬間を感じているので、あのとき意識を集中させていなかったと、後で気づいて後悔するかもしれません。数年前、海に石油が流出する事故がありました。海鳥が油で汚れているかもしれないと心配で、ある朝早く、家族と海岸へ行ってみました。幸い、そんな鳥は一羽もいませんでした。息をのむほど美しい朝でしたが、どういうわけか私は、心ここにあらずという状態でした。今では思い出すことさえできないほど些細なことが、気にかかっていたからです。

あのとき

春の朝早い
海岸には誰もいない。
油にまみれた鳥がいるかと
私たちはやって来た。
けれど見つけたものは

きらきら光る陽が
跳ね回る波のむき出しの背に
乗っている姿。
陽に照らされた世界は
海の調べを背景に
生き生きしている。
記憶が新しいうちに
絵にすべき光景。
だけどあのときの
素晴らしい魔法の瞬間を
今はよく
思い出せない。

私は、自分の目の前にあった黄金の瞬間を逃してしまいました。

また、バレエというものに初めて出会ったときのことは、忘れられない思い出です。子どもの頃、マーゴ・フォンテイン[3]の美しい姿を雑誌で目にして、とてもあこがれたものです。田舎では大空を舞う鳥をよく見かけますが、マーゴは空高く舞う鳥そのものでした。

それから何十年も過ぎたあるとき、私は娘と一緒にボストンで休暇を過ごしていました。娘は、ボストン・バレエ団の『ロミオとジュリエット』のチケットを予約してくれていました。うっとりするほど素晴らしい公演でした。バレリーナの美しい動きや色合い。あの不思議な体験は忘れることができません。私は魔法にかけられたのです。あの晩以来、素晴らしいバレエの公演を何度も見に行っています。

深い悲しみの最中でも、誰かと一緒に美しい経験をすると、心の中に記憶の刻印が残ることがあります。ずいぶん前、大好きな姉と『くるみ割り人形』のバレエの公演を見に行ったことがありました。姉は、人生に残された時間が少なくなっていました。姉が亡くなったのはずっと前のことですが、あの晩のことは今も大切な思い出です。別の機会ですが、深い悲しみに沈んでいたとき、パリのオルセー美術館を訪れたことがありました。私は、ある印象派の画家が描いた絵画の前で立ち尽くしていました。吹雪で吹き飛ばされそうになっている人物が描かれていました。凍えるほど寒い吹雪の中で、道を見失ってしまった孤独な人物を描いた、美しくも寂しい絵画でした。絵が、目の前に立つ私に向かって手を伸ばし、私を包み込んでくれるようでした。とうの昔に亡くなった画家が、私のすぐそばにいるのでした。絵は、私を慰めてくれました。創造力というものには、時間の垣根はないのです。

創造力を発揮できる場は、詩や絵画や音楽だけではありません。日常生活の様々な活動が当てはまります。ブレンダン・ケネリー[4]は、焼き菓子作りに大きな満足を感じている人の様子をうまくとらえ、詩の中で美しく描写しています。ケーキを焼く母親の姿から思いついたといいます。ブレンダンがその詩を書くことに喜びを感じていたとしたら、彼をそんな気にさせた、母親のケーキ作りの喜びはたいへん大きなものだったことでしょう。母親からあふれ出る喜びを見て、ブレンダンは詩を書きたくなったのですから。

私たちが一心に集中して何かに取り組んでいるとき、たとえそれがガーデニングや木工、編み物や縫い物といったありふれたものであっても、心の奥深い部分にある、物を作りたいという欲求を満たしています。何か作りたいという気持ちに応えるほど、心を満足させてくれることはありません。そのひとときを心底楽しむことができるからです。

1 ウィリアム・ワーズワース（一七七〇～一八五〇年）。イギリスのロマン派を代表する詩人。桂冠詩人。

2 一八五〇～九四年。スコットランドの小説家、随筆家。主要作品に『ジキル博士とハイド氏』、『宝島』などがある。

3 一九一九～一九九一年。イギリスのバレエダンサー。

4 一九三六年生まれのアイルランドの詩人、作家。ダブリン大学トリニティ・カレッジで現代文学の教授を勤め退職。現在は名誉教授。

　子どもたちは成長し、あなたの元から巣立っていきました。最愛の夫も、あなたより先に、すでに天国へと旅立っています。あなたはひとり、家に残されました。昔は家族みんなでにぎやかだった家の中は、不思議なほど静まりかえっています。しばらくの間、新しい生活になじむよう努力し、今後必要になるお金の計算をしたり、いろいろと考えたりしているうちに、これからをどう生きたらよいか決めなくてはならないと気づきます。これまでの方針を変えなくてはなりません。家族の中では役割がありましたが、この先自分がどうなるかわからないので、気持ちを切り替えなくてはなりません。いちばん大切なのは、残りの人生行路を楽しみながら進むことです。人生の最後に、ただ到達すればいいのではないのです。

　あなたは岐路に立っていて、そこからは、いくつもの道があらゆる方向に延びています。ロバート・フロスト[1]が詩に詠う『選ばれざる道』を進みたいと思っていて、それで良い人生を締めくくりたいと考えています。

けれども、まずいちばんにすべきことは、家の中の整理です。人生については、こんな考え方があります。

「家の中を整理すれば、心の中もきちんと片付く」

この考えが正しいかどうか試すときが来ました。

子どもは実家から巣立つとき、荷物を持っていかないものです。実家という基地にすべてを置きざりにしたまま取りに来るつもりなどない、あなたはようやくそのことに気づきます。そう、子どもたちのがらくたを処分するのはあなたなのです。共に子育てをしたパートナーが質素な生活を好む人だったとしたら、あなたは幸運です。そうでなければ、二重の苦難に立ち向かうことになりますから。さあ、がらくたの片づけから始めましょう。

あなたは見知らぬ領域へと入る長い旅路へ出発しようとしています。望ましい目的地まで案内してくれるガイドが必要です。この場合、きちんと片づいた家が最終目的地となります。それを成し遂げるための方法を教えてくれる本が必要です。でないと、右も左もわからず、どこを目指したらいいのかわからないまま旅に出ることになります。正しく導いてくれる「旅の指南書」が必要です。このジャンルの本はたくさんありますが、中でも選りすぐりでなくてはなりません。いちばん良い本は、マリエ・コンドウの『人生がときめく片づけの魔法』[2]だと思います。著者は大変厳しくあなたを監督し、必ずや正しい方向へ導いてくれます。

整理整頓の旅は、身も心もくたくたになります。思い出に浸ってしまい、物を捨てられな

LOVEJOY AT LARGE AGAIN
JONATHAN GASH
LOVEJOY AT LARGE AGAIN JONATHAN GASH
Robert Goddard
Madge Peters

くなることもあります。でも片づけのプロ、マリエは、あらゆるジレンマを乗り越える手段を教えてくれるのです。長い時間と忍耐が必要ですが、やがて、必ず成し遂げることができます。

時間をかけてひたすら物をえりわけ、不要な物を捨てたりリサイクルに回したりしていると、家の中のがらくたはなくなります。ええ、すべてなくなるというわけではなく、ほとんどなくなるという意味ですけれど。すがすがしい変化の風が家の中を通り抜け、あなたの頭の中をも吹き抜けていきます。すると「家の中を整理すれば、心の中もきちんと片付く」という金言は本当だと納得できます。さあこれで、家もあなたも、思い切り空気が吸えるようになったでしょう。家の片づけは終わりました。さて、これからあなたはどうしますか。あなたには、これまでにないくらいたっぷりと時間があります。どうやって過ごしましょうか。

何かと忙しいわ、そう思い込んだってもちろん構いません。特に何もしていないけれど、どういうわけか忙しいってね。でもやっぱり、それはやめた方がいいかも。それに、何もかも子どもに頼ってしまうのも嫌ですよね。子どもには自分の生活があるのですから、私たちも、自分のことは自分ですべきなのです。いろいろな道が開かれていますから、やりたいことを慎重に選びましょう。これから先の時間は無限ではありません。残された時間を大切にして、存分に楽しみたいですものね。

私がこの状況にあったとき、自分の心に問いました。これまでの人生で、他に優先することがあって、後回しにしていたことは何かしら。長い間、やってみたいと思ったことはたくさんありました。けれども、そのときどきで他にしなくてはならないことがあって、あきらめていたのでした。フェイギン[3]も言っているではありませんか。

「ここらでよく考えてみよう」

今こそ、そのときです。

1　一八七四〜一九六三年。アメリカの詩人。『選ばれざる道』は一九一六年の作品。詩の中で「私」は、二本に分かれた道の、踏みならされていない方を選び、そしてそれが、のちの人生に決定的な違いを生んだ、と詠われている。

2　近藤麻理恵著、二〇一一年、サンマーク出版。世界四〇カ国以上で翻訳出版されていて、アイルランド人読者にも広く読まれている。

3　英国の小説家チャールズ・ディケンズ（一八一二〜七〇年）の小説『オリバー・ツイスト』の登場人物で、すりの少年たちを率いる老人。この小説のミュージカルを映画化した『オリバー！』（一九六八年）でフェイギンが「ここらでよく考えてみよう」と歌う場面がある。同映画はその年のアカデミー賞六部門を受賞した。

さよならが言えなくて

「彼」は、すっかりクタクタでした。もうこれ以上、履くことはできません。すべてを捧げてくれ、ぼろぼろになったのです。昨日、かかとの一部が外れました。とうとう寿命が来たようです。「彼」と私は長い年月をともに過ごしてきました。外見を見ればわかります。実のところ、外見が衰えたという点では私も同じですが。けれども私の場合、ときが来たら、棺に入れられ大地に埋葬されます。他の選択肢はないのですが、それも悪くはないと思っています。

その大切な長年の友人には、死んでもらうしかありません。ブーツの安楽死です。でも、長い間私に仕えてくれた「彼」に対して、まったく恩知らずな仕打ちに思えます。いろいろとお世話になったのに。一緒に楽しい時間を過ごしてきた「彼」に、さよならを言わなくてはならないなんて。本当は「彼」を手放したくありません。私たちはじつに長い間、生活を共にしてきたのです。とても仲の良い似合いのカップルでした。ともに歩いて様々な場所を訪れ、楽しい日々を過ごしました。はじめの頃は、一緒にガーデニングを楽しんだり、森の中を散歩したりしていました。私が坂道を登るときは足元を優しく守ってくれて、つま先とくるぶしをマッサージしてくれたこともあります。私たちは温かな愛情で結ばれていたのです。一気に燃え上がり、すぐに燃え尽きてしまうような恋とは違い、とても長い間続いた関係でした。大切な友人は、本来果たすべき役目をはるかに超えて、たくさんのことをしてくれたのです。「彼」に磨きをかけて、優雅な靴が行き交う高級なお店や一流のホテルの中へも、さりげなく入っていったものでした。エレガントな靴は見た目には美しいけれど、繊細な足には優しくないことも多いと思います。崖っぷちでバランスをとるようなハイヒールを履いて、危険な状態で歩く技を完全にマスターしている女性には、本当に感心します。

年齢を重ねるにつれ(願わくば賢くなりたいものですが)、魚の目やタコなど望ましくないお荷物が、「彼」を履いて歩く人間の足の裏側にフジツボのようにこびりつき、完全に体の一部になってしまいます。この長年の友人は、そんな代物を優しく覆って包み込んでくれたのです。

私がこれまで遭遇したどんな痛みにも、「彼」は大変親切に接してくれ、痛みに負けそうな私を手厚く保護してくれました。どんな状況でも、いつも優しい思いやりで接してくれたのです。心から信頼できる友人です。この友人の中に足を滑り込ませるたびに、寛いだ気分で心地の良い旅ができると確信したものです。こんなに尽くしてくれたのですから、何かご

褒美をあげたいと思っているのですが。優しくさよならを言うには、どうしたらいいのでしょう。よく勤めを果たしてくれた、履き古しのブーツをどう扱ったらいいでしょう。何か別の形で仕事をしてもらえないものでしょうか。古いブーツを、他のものに生まれ変わらせることはできるでしょうか。え、私が「生まれ変わり」を信じるかですって？　もちろん、信じていますとも。

結局のところ、長年の友人と別れなくて済むことになりそうです。「彼」の中に柔らかな培養土を詰め込んで、野の花の種を植えてみようと思います。私たちの互いの役目が変わることになります。これまでは「彼」が私の世話をしてくれましたが、今度は私が「彼」の面倒をみる番です。「彼」はしだいに柔らかくなり、ゆっくりと形がなくなり、しまいには大地に帰ることになるでしょう。私がいつかそうなるように。だから、さよならなど言わなくていいのです。

青春の光と影[1]

　昨日庭に出ているとき、ある女性を思い出していました。寡婦になったのち、わが家に滞在することになった人です。短期間だけのはずが、亡くなるまでの十四年間、その人はうちの一角に住んでいたのでした。

「年なんて取るもんじゃないわよ、あなた」

　彼女はアングロ・アイリッシュなまりのはっきりした口調で、そう警告してくれたものでした。

「ほんとにひどい状態になっちゃうんだから」

　あるとき、のろのろと階段を上っているときにそう言い放ったのでした。

　けれどもその人は、荒波にもまれて巧みに船を進める船乗りのごとく、激しい潮の流れや連なる大岩をうまく避け、「ひどい状態」を乗り越えていたのでした。オスカー・ワイルド[2]がそうだったように、「人生で最も許されない罪とは、退屈な人間であること」と考えてい

て、自分ではそんな過ちを犯すことは決してありませんでした。頭の回転が速く好奇心が強い彼女の周りには、いつも人がいてにぎやかでした。けれども、体が思い通りに動かないとき、鋭い頭との均衡を失いイライラすることもあったのです。

その人がうちの敷地に住んでいた十四年の間、貴重なことをたくさん教わりました。ひとつは

「自分を憐れみ過ぎてはいけない。みじめになるし、人様に迷惑をかける」

ということです。もうひとつは、

「他人の手術や孫の話ほど、つまらないものはない」

それに、最後のひとつは、

「いろいろ我慢しすぎると、我慢しなくちゃならないことをもっとさせられる」

昨日庭で、この女性のことを考えていたのでした。あのときの彼女のように、今は私がゆっくり動くようになっています。いえ、ゆるやかにしか動けなくなった、といった方がいいでしょう。けれども昨日庭にいたことで、それも悪くはないな、とわかったのです。数年前なら、朝早く庭へ出て、一日じゅう庭仕事をしていて、休憩するのは食事の時間だけでした。今では、そんなことはとても無理です。

昨日の朝、バラに消毒液を散布しようと、やる気満々で庭に出ました。バラは、美しいけれど何かと要求の多いレディーです。うちのバラの葉には黒い斑点が現れていました。私は

数週間前ラジオのトークショーに出ており、そのときダーモット・オニール[3]からとても賢い方法を教えてもらっていました。一ガロン（約四・五リットル）の水に重曹とフォストロゲン[4]を小さじ一杯ずつ溶かしたものを、定期的にスプレーで吹きかける方法です。まずプランターの汚れを落として、たっぷり水をやってから始めます。

作業をすべて終えると、私はへとへとでした。坐って休まなくてはなりません。そこで、昼食を庭に持ってきて腰を下ろしたのですが、それから立ち上がることができなくなってしまい……。太陽がさんさんと輝き、小鳥が歌を歌っていました。小鳥は、庭でじっと坐っている人間を、家具や新しい木か何かだと思い込んでしまうものです。そして、いつもの営みを始めます。

すぐそばにジャッキーおじさんのりんごの木があり、丸裸の枝の上で、数羽がパタパタ羽ばたいています。餌入れから別の餌入れへと飛びまわるのもいれば、枝に据えた小さな黒いスキレット鍋の縁に止まり、中にたまった雨水へ小さなくちばしを突っ込んでいるのもいます。枝には、あまり大きくない銅の鍋も三個ぶら下げてあります。磨くのが面倒になったのでぶら下げたのですが、それが恰好の水入れになっているのでした。腰を下ろしてじっくりと観察してみなければ、小鳥がいかにたくさんの水を飲むかということはわからないでしょう。小鳥たちは飛びまわり、歌を歌っています。その姿を眺め、耳を傾けていると、本当に楽しくなりました。

そのとき、動くものが目に入りました。りんごの木の脇に石段があり、そこを上ったところにバラの植え込みがあります。その上で何かが動いたのです。バラの繁みに半分隠れるように、キャンピングカーの形をした巣箱が置いてあります。鳥好きな友人からもらったのです。他の巣箱はすべて、猫がいたずらしないように高い石塀の上に据えてあるのですが、この巣箱は塀に上げることができなくて、バラの繁みに置いたのでした。バラの棘が猫除けになると思ったからです。去年の春もそこに置いてありましたが、荒らされることはありませんでした。

じっと見つめていると、私が「ジャッキー・ブラック・キャップ」という愛称で呼んでいる小鳥が植え込みに舞い降り、油断なく周りを警戒しています。おそらく雄なのでしょう。小鳥は、巣箱の丸穴により近い枝に、ちょこんとのりました。それからまた、常に目配りしつつもっと近い枝へと移ると、すぐに穴の中に消えました。すると中から、一定間隔で箱をつつく音が聞こえてきました。新居を構えるため、巣の準備をしているのです。その後、巣から出てきたと思ったとたん、飛んでいってしまいました。すぐにまた、別の一羽が舞い降りました。ええ、私には別の鳥だと思えたのです。外見はまったく同じなので、デレク・ムーニーではあるまいし、違いがわかるはずがありません。ともかく、うちの庭に雄と雌が越してきて、新居で新たな家族を育んでくれたらいいな、と思ったのでした。二羽目が枝の上を飛びまわっているうちに、はじめの一羽が戻ってきました。つがいであって欲しいという私の願いは、これでかなえられたわけです。二羽は行ったり来たりしているうちにしだいに落ち着いてきて、新居にも慣れたようでした。二羽をじっと見つめていると、私のすぐ左にある水浴び用の水盤の中に、今度はコマドリが舞い降りて来て、気持ちよさそうに行水を始めました。楽しげにあちこち水を飛び散らせると、元気よく羽ばたいて飛んでいきました。

この巣作りの季節、庭は喜びにあふれています。昨日、庭にへたり込んでいなかったら、私はこの素晴らしい出合いの機会を逃していたことでしょう。

1　一九六七年にカナダ人の歌手ジョニ・ミッチェルが作詞作曲し、ジュディ・コリンズが歌って大ヒットした楽曲。一九六八年、グラミー賞最優秀フォークソング賞を受賞。その後、フランク・シナトラ、ビング・クロスビー、ニール・ダイヤモンド、原田知世、ポール・アンカなど非常に多くの歌手にカバーされた。

2　一八五四〜一九〇〇年。アイルランド出身の詩人、作家、劇作家。数々の独特な名言を残している。

3　アイルランドの著名な園芸家であり、雑誌『ガーデン・ヘブン』の編集者。テレビやラジオの園芸コーナーによく登場する。

4　フランスのSBMカンパニーが販売している化学肥料。

5　一九六七年ダブリン生まれ。アイルランドで最も著名なラジオ・テレビ番組の司会者のひとり。自然に関する多くの番組の司会を担当。

訳者あとがき

本書の著者アリス・テイラーはアイルランドで最も愛されている作家のひとりです。これまでに幼い頃などを綴ったエッセイを十数冊執筆し、詩や小説も書いています。五〇歳で処女作を出版してから三〇年以上の月日が流れていますが、執筆意欲は今も衰えていません。

本書でアリスは、日常の小さなことに喜びを見出しています。私たちの周りには、きらりと輝く瞬間がときどき訪れます。そんな瞬間を逃すことなく、しっかりとつかんで心の中にしまっておけば、豊かな気持ちで人生を歩んでいくことができるというのです。そして、たとえつらいことがあっても、乗り越えることができるといいます。大切な命の時間には限りがあるのだから、今この瞬間を満喫すべきだと教えてくれます。きらきら輝く天然石がいっぱい詰まった小箱のような本書を読んで、明るい気持ちになっていただけたら幸いです。

この本にはお茶と軽食を楽しむ場面が何度か出てきます。アリスが幼い頃、農夫たちの休憩時間だった「四時のお茶」、家族みんなで牧場でいただいた「牧場のお茶」、農場で精を出す父親に届けた黒パンとお茶。大人になってからは、友人とアフタヌーンティーを楽しんだり、切り花を持ってきてくれた友人をお茶でもてなしたり……。アイルランド人の多くは日常的にお茶を飲みます。彼らが「お茶」といえばもちろん紅茶です。アイルランド人は紅茶が大好きで、イギリス人よりたくさん飲んでいるのです。ある統計によれば、ひとりあたりの年間消費量の世界ランキングは、第一位がトルコ、第二位がアイルランド、そして第三位がイギリス、といいます。

アリスも毎日紅茶を飲んでいて、朝食時に飲むときはマグカップではなく、ソーサー付きのティーカップを使っています。母親の習慣を受け継いだのだといいます。私が彼女の自宅を訪れたときも、素敵なティーカップで紅茶をいれてくれました。お手製のりんごのタルトもごちそうになりました。庭の老貴婦人が、気前よく与えてくれたりんごで作ったものです。

最後になりましたが、原書『And Life Lights Up』を私に送ってくださった、ダブリン在住の三島理恵さんに心より御礼申し上げます。

令和二年五月

高橋　歩

Alice Taylor

1938年アイルランド南西部のコーク近郊の生まれ。結婚後、イニシャノン村で夫と共にゲストハウスを経営。その後、郵便局兼雑貨店を経営する。1988年、子ども時代の思い出を書き留めたエッセイを出版し、アイルランド国内で大ベストセラーとなる。その後も、エッセイや小説、詩を次々に発表し、いずれも好評を博した。現在も意欲的に作品を発表し続けている。

たかはし あゆみ

1967年新潟生まれ。新潟薬科大学教授。英国バーミンガム大学大学院博士課程修了。専門は英語教育。留学中に旅行したアイルランドに魅了され、毎年現地を訪れるようになる。訳書に『スーパー母さんダブリンを駆ける』(リオ・ホガーティ、未知谷)、『とどまるとき——丘の上のアイルランド』『こころに残ること——思い出のアイルランド』『窓辺のキャンドル——アイルランドのクリスマス節』『母なるひとびと——ありのままのアイルランド』(アリス・テイラー、未知谷)がある。

心おどる昂揚
輝くアイルランド

2020年5月20日初版印刷
2020年6月10日初版発行

著者　アリス・テイラー
訳者　高橋歩
発行者　飯島徹
発行所　未知谷
東京都千代田区神田猿楽町 2-5-9　〒 101-0064
Tel. 03-5281-3751 / Fax. 03-5281-3752
［振替］ 00130-4-653627

組版　柏木薫
印刷所　ディグ
製本所　牧製本

Publisher Michitani Co, Ltd., Tokyo
Printed in Japan
ISBN 978-4-89642-612-0　C0098

アリス・テイラー
高橋歩訳

窓辺のキャンドル
アイルランドのクリスマス節

アイルランド・イニシャノンのクリスマス。子どもの頃から今に到る準備と祝い方。70年も経っているのにあまり違いがありません。アリスが守り続ける昔ながらのクリスマスを読者のみなさんにも楽しんでいただけたら……
(訳者より)

978-4-89642-570-3　256頁2500円

母なるひとびと　ありのままのアイルランド

この本は、すべての女性に敬意を表すものです。ひどい貧困と飢えの中でもあれほどの品格と寛大さをなぜ保ち続けることができたのか。15人のアイルランド女性の生き様を尊敬と愛を込めて語るエッセイ集。

978-4-89642-589-5　240頁2500円

未知谷